Judith Schumacher • Der schwarze Schmetterling

OMNIBUS

DIE AUTORIN

Judith Schumacher, geboren 1966 in Remagen, ist seit 1989 als feste und freie Journalistin für verschiedene Tageszeitungen tätig. Sie hat eine kleine Tochter und lebt mit ihrem Mann in der Nähe von Bonn.

Judith Schumacher

Der schwarze Schmetterling

Nachwort von Ursula Caberta

OMNIBUS

OMNIBUS

Der Taschenbuchverlag
für Kinder und Jugendliche
von Bertelsmann

Band 20644

Handlung und Charaktere der folgenden Geschichte sind frei erfunden. Sollten sich Ähnlichkeiten mit lebenden oder verstorbenen Personen finden, so ist das reiner Zufall.

Die Geschichte von John Cage auf S. 53 wird berichtet in einem Beitrag im *New Yorker* vom 28. 11. 1964.

Umwelthinweis:
Dieses Buch wurde auf chlorfrei gebleichtem Papier gedruckt.

Erstmals als OMNIBUS Taschenbuch Januar 2001
Gesetzt nach den Regeln der Rechtschreibreform

Umschlagbild und -konzeption: Klaus Renner
bm · Herstellung: Stefan Hansen
Druck: Presse-Druck Augsburg
ISBN 3-570-20644-0 · Printed in Germany

www.omnibus-verlag.de

10 9 8 7 6 5 4 3 2 1

INHALT

„Nichts errät der Mensch
so schnell wie die innere Unsicherheit
eines anderen und fällt darüber
her wie eine Katze über einen
krabbelnden Käfer.“

Robert Musil,
„Der Mann ohne Eigenschaften“

1 KOLJA

Rrratsch. Schneewittchens schönes zartrosa überhauchtes Gesicht war zerstört. Höhnisch blickten ihre ebenholzfarbenen Augen den Jungen an, der ihr gerade in einem Anfall von Jähzorn das Antlitz zerstört hatte. Kolja schob die beiden Papierhälften so ineinander, bis es aussah, als ob sie schielte. Doch es wirkte immer noch so, als mache sie sich über ihn lustig. Eine Weile saß er noch an seinem Schreibtisch und sah aus dem Dachfenster, das sich direkt darüber befand. Er hatte es gekippt, und ein herrlich nach Sommerabend duftender Windstoß fächelte um sein erhitztes Gesicht. Es roch wunderbar, aber es passte nicht zu seiner Stimmung. Er war so wütend und verletzt, dass er sich hätte prügeln können. Die kleine Messinguhr auf seinem Schreibtisch gab einen hellen Glockenton von sich. Halb sieben. In einer Stunde sollte er sich mit Tom, Kassim und Ludger bei Lopez treffen. Um acht sollten dann die drei Mädchen in das Eiscafé kommen. Tom und Kassim hatten sie im Schwimmbad angebaggert und wollten mit ihnen zum Knutschen ins Kino. In den Sommerferien hatten seine Freunde diese Art Zeitvertreib zur Hauptbeschäftigung ausgebaut. Zwar sahen die Mädchen ganz nett aus – aber diese ständigen neckischen Anspielungen hatte er satt bis obenhin. Zudem lief ein Film, der ihn sowieso nicht interessierte. Kolja schloss seine brennenden Augen und knetete die Lider mit den Fingern. Er hatte keine Lust hinzugehen. Überhaupt hatte er immer weniger Lust an den Sachen, die ein sechzehnjähriger Junge im All-

gemeinen so tut. In letzter Zeit kam es immer häufiger vor, dass er dachte, er sei auf diesem Planeten irgendwie falsch.
Sein Blick fiel auf die Pinnwand. *„Ich hasse die Wirklichkeit. Aber sie ist der einzige Ort, an dem man ein gutes Steak bekommt."* Der Spruch war von Woody Allen und stand auf einer Postkarte, die er dort befestigt hatte. Er hatte ihn irgendwann mal ganz witzig gefunden. Stimmt auch nicht mehr seit dem Rinderwahnsinn, dachte er.
Mit einem Ruck schob er den Schreibtischstuhl zurück, stellte sich vor den Spiegel und sah sein Gegenüber mit gerunzelten Brauen an.
„Du siehst bescheuert aus", sagte er zu seinem Spiegelbild. Das Bild antwortete nicht – außer dass es für sich selbst sprach. Er sah einen schlaksigen Jungen mit wirren strohblonden Haaren und braunen Augen, die ihn unter zusammengezogenen Brauen mürrisch anblickten. Der neue Pullover hing hoffnungslos an ihm herunter, die Fransen seiner Jeans sahen so zerknuddelt aus, als wäre soeben sein Zimmer damit geputzt worden, und das obligatorische Halstuch, das im Augenblick fast jeder Junge trug, schlackerte um seinen dünnen Hals, als habe er gerade vergeblich versucht, sich zu erhängen. Und – als hätte das alles noch nicht gereicht – erblühte in schönstem Rot ein großer Pickel links neben seiner Nase.
Kolja Zobel war jemand, dem es einfach nicht gelingen wollte, nach außen hin wie ein Mensch „aus einem Guss" zu erscheinen. Egal, ob gerade der durchgestylte Sportler-Look oder der lässige Schmuddeltyp angesagt war. Selbst wenn seine Eltern ihm regelmäßig trendgemäße Pullis, T-Shirts und Jeans mit oder ohne Löcher kauften, schaffte er es immer wieder, dass irgendwo ein Fädchen an der falschen Stelle herumschlackerte, ein Schildchen am Kragen herausschaute oder ein Fleck den Gesamteindruck zunichte machte. Er konnte anziehen was er wollte – es sah immer so aus wie ein Sack. Es war, als würde

weder ordentliche Kleidung noch solche, die trendgemäß unordentlich war, es auf seinem Körper aushalten – als müsste sie sich dem Menschen, der drinsteckt, anpassen ...
Er machte noch einen letzten Versuch, an dem misslungenen Outfit noch etwas zu verbessern und griff nach seiner Baseballkappe. Doch als er sie aufgesetzt hatte, sah es nicht cool aus, sondern schlicht lächerlich. Wütend riss er sie wieder vom Kopf und warf sie von sich. Sie blieb an seiner Staffelei hängen, wo ein angefangenes Bild auf seine Vollendung wartete.
Wenn ich das gezielt versucht hätte, wäre sie mit Sicherheit daneben gefallen, dachte er.
Seine Laune war wirklich lange nicht mehr so schlecht gewesen. Und das alles nur wegen diesem Scheiß-Typ. Vor ein paar Tagen war Kolja wieder in der Druckerei gewesen, um ein paar seiner Zeichnungen für Freunde zu kopieren. Manche seiner Arbeiten gefielen mittlerweile sogar denen. Nur Tom wollte keine haben. Hatte wohl keinen Sinn für so was. Es sah ihm auch nicht ähnlich. In der Druckerei kannten sie ihn schon recht gut. Eins seiner Bilder hatten sie sich sogar ins Foyer gehängt.
An diesem Tag kam Herr Rosenbaum, der Besitzer des Ladens, auf ihn zu und erzählte ihm, ein Kunde habe nachgefragt, wer die Bilder gemacht habe. Es war Herr Koyser, der Inhaber eines noblen Restaurants am Marktplatz von Klosternelde. Herr Koyser fragte an, ob der junge Künstler nicht Lust hätte, seine neuen Speisekarten zu gestalten.
Der junge Künstler stand da eigentlich nicht so drauf, aber es war eine gute Gelegenheit, seinen Eltern einmal zu zeigen, dass Kunst nicht unbedingt brotlos sein muss. Wenn sie seine Bilder, die er malte, auch gut fanden, so hörten sie doch nicht auf, ihm klarmachen zu wollen, dass er davon nicht leben könne. Also ging Kolja auf den Deal ein und zeichnete Braten mit Knödeln, Chateaubriand und Käseberge mit Weinträubchen garniert. Für die Kinderteller sollten es Märchenfiguren sein. Pumuckl-,

Schweinchen-Dick- und Schneewittchen-Teller eben. Als er mit seiner Mappe fertig war, rief er den Restaurantchef an. Er solle Mittwochnachmittag vorbeikommen. Da hätten sie Ruhetag und da könne man ja alles ungestört besprechen.
Das war heute gewesen. Koyser servierte ihm einen Cappuccino mit Sahnehäubchen und sah sich flüchtig seine Entwürfe an. Koljas Zeichnungen schienen ihn nicht sonderlich zu interessieren. Er selbst dafür aber umso mehr. Als der Mann ihm mit seinen dicken Wurstpranken zwischen die Beine fuhr, war Kolja einen Sekundenbruchteil so erschreckt, dass er wie ein Eisklumpen dasaß. Dann kippte er dem Kerl seinen Cappuccino samt Sahnehäubchen ins Gesicht, trat ihm dahin, wo es besonders wehtat, und rannte aus dem Laden.
Soweit also mein erster Schritt in die künstlerische Selbständigkeit, dachte Kolja. Die Erinnerung trieb ihm wieder Tränen der Wut und der Scham in die Augen.
„Ich muss hier raus“, sagte er laut und schlug seine Zimmertüre zu. Polternd rannte er die Treppe hinunter. Ein vorwurfsvolles „Schschscht!“ von Birgit, seiner Mutter, und das schlaftrunkene Quengeln von Baby Marie drosselte sein Tempo. Heute Abend war sie besonders darauf bedacht, dass die Kleine rasch einschlief, bevor der Babysitter kam. Sie und sein Vater wollten zu dem großen Fest ins ehemalige Kloster. Großer Bahnhof, schicke Klamotten, Edel-Häppchen. Jeder, der was auf sich hielt, war heute Abend dabei. Bestimmt auch das Lokal-Schwein. Es sollte sogar ein Feuerwerk geben.
„Kolja ...?“
Er unterdrückte einen Fluch. Auch das noch. Seine Großmutter hatte ihn gehört, und ihm war nun wirklich nicht nach einem Plauderstündchen mit ihr. Doch sie hatte nur ein kurzes Anliegen. Oma saß wie immer auf ihrem Sofa in der Küche und schaute ihn mit wässrig-trüben Augen treuherzig an. Das war ihr Standardblick. Er kannte sie kaum anders.

„Komm doch mal bitte her“, flüsterte sie.
Er beugte sich zu ihr hinunter. Ihr Atem roch nach Salamibrot und Mundgeruch.
„Würdest du bitte Opa sagen, er soll seine Flasche zumachen? Das riecht bis hierher und gleich kommt doch der Herr Pfarrer zu Besuch.“
Kolja lächelte und nickte. Er wusste, dass der Pfarrer auch heute Abend nicht kommen würde. Der war bestimmt auch beim Fest. Aber sie wartete jeden Tag auf ihn. Seit ihrem Schlaganfall saß sie nur noch auf ihrer Couch und wartete auf irgendetwas.
„Ist schon okay. Aber warum sagst du es ihm eigentlich nicht selbst? Oder habt ihr schon wieder Kleinkrieg?“
Ihr faltiger Mund presste sich zusammen. Ihr Gesicht sah aus wie ein zusammengeknülltes Stück Papier, vollgeschrieben mit unausgesprochenen Schimpfworten. Böse beäugte sie ihr Medikamentenarsenal, das sie immer in greifbarer Nähe auf dem Küchenstuhl neben sich stehen hatte. Sie antwortete nicht, saß in einem See von Schweigen. Seit Jahren lief das nun schon so. Gestritten hatten sich seine Großeltern eigentlich immer schon. Aber seit die beiden so eng beieinander hockten, wurde es immer schlimmer. Warum das so war, wussten nur die beiden selbst. Aber sie sprachen nie darüber.
Kolja seufzte ergeben und ging ins Wohnzimmer, wo Opa schnarchte. Sein Gesicht ragte wie ein lebendiger Totenschädel aus dem Weiß des Bettzeugs. Die Haut war straff über die Knochen gespannt, nur sein Unterkiefer hing schlaff und zahnlos herunter. Kolja machte einen großen Schritt, um nicht auf die knarrende Diele zu treten und befestigte den Deckel auf der Urinflasche. Dann schlich er hinaus.
Gegenüber schloss sich gerade das Garagentor hinter dem anthrazitfarbenen Leichenwagen des Bestattungsunternehmers. Kolja empfand das Tor als Zumutung. Jedesmal, wenn er es sah,

ärgerte er sich. Vor Jahren hatte er auf dieses Tor das Bild von zwei alten Leutchen gemalt, die zufrieden und einträchtig aus einem geranienbewachsenen Fenster herausschauten.Und dahinter wartete der Leichenwagen auf seinen nächsten Einsatz. Seine Eltern hatten ihn darum gebeten. Sie waren mit dem Bestattungsunternehmer befreundet, und dieser hatte sich ein solches Bild gewünscht.
Während er das Ufer der Nelde in Richtung Eiscafé entlangschlenderte, spürte er, wie er Kopfschmerzen bekam. Er verließ den asphaltierten Weg und ging zum Ufer hinunter. Der Film würde erst in einer Stunde anfangen. Bis dahin würden die Jungs noch im Café sitzen und baggern. Er hatte also noch Zeit. Niemand achtete auf ihn, als er sich durch das Gestrüpp am Rand des Wasserlaufs hindurcharbeitete. Über dem Fluss lag der schwere süßliche Duft des Seifenkrauts, das in diesem Spätsommer fast jeden Böschungsabschnitt wie Efeu überwucherte. Von einer alten Weide hingen dünne Ästchen herunter und malten auf der nur schwach bewegten Wasseroberfläche feine Linien über das Spiegelbild des ehemaligen Klosters. Seine gewaltigen Mauern aus dunklem Basalt erhoben sich direkt gegenüber der Stelle, an der Kolja saß, von einem großen Hügel.
Es waren auffallend wenig Leute unterwegs. Die meisten standen wohl gerade vor dem Spiegel, schmissen sich in Lack oder waren noch in der Maske. Bei so einem großen Ereignis durfte man nicht aussehen, als käme man aus der hintersten Ecke der Provinz (wenn auch genau das zutraf).
Das Neldetal, in dem Kolja Zobel lebte, war das, was man ohne Übertreibung düsterstes Hinterland nennen konnte. Obwohl es als einer der zahlreichen Seitenarme des Rheins nicht weit von den Routen der Touristen lag, blieb das Tal zum Leidwesen von Bürgermeister und Gemeinderäten auch in der Hochsaison von Gästen verschont. Es war einer der schmalen, dunkleren

Seitenarme des großen Stroms, umgeben von abweisenden Hängen und Hügeln, in den sich nur selten ein paar Reisende auf ihrer Suche nach mittelalterlichen Attraktionen verirrten. Klosternelde, die „Hauptstadt" des Tals, und erst recht die umliegenden Dörfer waren mit ihrem Mischmasch aus Fertig-Einfamilienhäusern und wenig einladenden dunklen Basaltbauten weit davon entfernt, ein Kassenmagnet der Reiseunternehmen zu werden. Die kleine Stadt mit ihren spärlichen mittelalterlichen Überresten und einem auf alt getrimmten Marktplatz bot in der Tat wenig Abwechslung. Dies galt gleichermaßen für Besucher wie für die Bewohner des Tales. Wäre nicht das alte Kloster gewesen, wären auch die wenigen Reisenden kaum in diese Gegend verschlagen worden. Seit es der neue Besitzer, ein weltbekannter und superreicher Kunstmäzen, renoviert hatte, hatte auch das Neldetal seine kleine Attraktion. Doch dabei allein sollte es nicht bleiben. Mit dem Fest heute Abend wurde die neue Akademie eingeweiht. Eine Kunstakademie der allerersten Güte.

Als der berühmte Mäzen und Geschäftsmann Carl von Oyen vor einem Jahr den Vorschlag dazu machte, waren die Klosternelder vor Freude ganz aus dem Häuschen gewesen. Sie hofften, dass etwas von dem Glanz, der den berühmten Mann umgab, ihr dunkles Tal erhellen würde. Doch niemand konnte ahnen, dass die Träume und Wünsche um ein Vielfaches übertroffen werden sollten. Kolja erinnerte sich noch an die Rührung in der Stimme seines Vaters, als dieser eines Abends aufgeregt von der Stadtratssitzung nach Hause kam und von den Plänen des großen Mäzens erzählte. Dieser wollte *auf seine Kosten* in einem Seitentrakt seines Klosters eine Akademie für Kunstinteressierte jeden Alters einrichten. Er würde auch namhafte Künstler von Weltrang – *von Weltrang!* – dorthin einladen, damit sie Seminare abhielten. Wochenlang geisterten große, bekannte Namen durch die Gassen des Städtchens und durch die Leitartikel der Lokalzeitung. Und heute Abend war es so weit. Das großartige Projekt sollte mit einem rauschenden Fest der Öffentlichkeit übergeben werden. Sogar das Programm stand schon fest und war bereits fast ausgebucht. Bildhauerei, Schriftsteller-Workhops, Tanz, aber auch Seminare wie Persönlichkeitstraining und Erkenne-dich-selbst-durch-Malerei machten das Angebot aus.

Kunst ist ja so was Tolles. Erhebendes. Aber wenn der eigene Sohn sich als Künstler entpuppt, wird's ernst. Kolja saß zwischen den hohen Stengeln und starrte auf das sanft dahingleitende Wasser. Er atmete tief durch die Nase ein und schloss die Augen.

Im Augenblick war das Gefühl, in der Luft zu hängen, besonders stark. Verdammt, er wusste einfach nicht, wie er sich sein weiteres Leben vorstellte. Musste man das mit sechzehn eigentlich schon wissen? Wenn es nach seinem Vater ging, dann ja. Kunst? Ja, schon. Aber nur nebenbei. Man braucht ein „sicheres Standbein", eines, auf das man sich verlassen konnte. Aber das Leben bot so viele Möglichkeiten. Kolja wusste einfach nicht, wofür er sich entscheiden sollte. Malen wollte er, ja. Aber im Moment kotzte ihn auch das an. Fast jeder in seiner Klasse wusste schon, was er als Nächstes machen würde – sei es, weiter zur Schule zu gehen und zu studieren, eine Lehre zu machen oder ein Jahr ins Ausland zu gehen. Aber Kolja konnte beim besten Willen nicht sagen, ob er Medizin oder Jura studieren, eine Ausbildung zum Schreiner machen oder Schaffner bei der Bahn werden sollte. Außerdem war das doch sowieso ziemlich egal. Am Ende würde er genauso als armer alter Kerl im Bett liegen wie sein Opa: vom angesehenen, charmanten Notar zum Pflegefall. Und dann wäre er vielleicht auch mit einer Frau verheiratet, mit der er sich ständig stritt und die ihn dann damit bestrafte, dass sie tagelang nicht mit ihm sprach. Und vielleicht hätte er dann noch nicht einmal eine Tochter,

die ihn so nett mit Rotwein, Batterien fürs Hörgerät und neuem Bettzeug versorgen würde, wenn mal was daneben ging. Seine Freunde fanden es schon ungewöhnlich, dass er mit Eltern und Großeltern in einem Haus wohnte. War es ja auch, wenn man es mit anderen Familien verglich. Die meisten in seiner Klasse lebten mit geschiedenen Elternteilen zusammen. Bei ihm zu Hause ging es zwar meistens ziemlich chaotisch zu, war dafür aber nie langweilig.
Warum mache ich mir ausgerechnet heute darüber Gedanken?, fragte er sich. Musste wohl daran liegen, dass am nächsten Tag wieder die Schule anfing. Genau. Heute war der letzte Ferientag. Und er hatte es satt, ihn sich selbst zu vermiesen. Er erhob sich und machte sich zielstrebig auf in Richtung Eisdiele, wo seine Freunde auf ihn warteten.

2 SCHWARZE SCHMETTERLINGE

Das Gebäude sah aus, wie eine moderne Schule eben aussah. Der freundliche Anstrich in warmem Orange und die zwei großen Nussbäume im Hof bewirkten, dass nur ein gnadenloser Betrachter es schlicht als Lernsilo bezeichnet hätte – aber das konnte nicht über die einfallslose Architektur hinwegtäuschen. Rechteckig, praktisch, billig.
Das Mädchen saß auf einer Mauer gegenüber und sah kritisch zu den monotonen Fensterreihen hinüber, die gleichmäßig in der Sonne blinkten. Hier würde sie sich also ab morgen jeden Tag ihren Hintern wund sitzen. Na ja – war eben nicht zu ändern. Eigentlich hätte sie heute schon dort sein müssen, denn die Sommerferien waren zu Ende. Aber sie hatte für sich entschieden, erst morgen anzufangen und das Ganze erst mal aus der Ferne zu betrachten. Das Bild ihrer alten Schule, in die sie noch vor drei Monaten gegangen war, drängte sich ihr auf. Die war auch nicht besser gewesen. Eher hässlicher. Aber sie hatte dort ihre Freunde zurückgelassen. *Zurücklassen müssen.*
Keiner von ihnen konnte ahnen, dass sich ihre ehemalige Schulkameradin jetzt auf der anderen Seite des Ozeans befand. In einer kleinen unscheinbaren Stadt in einem kleinen Seitental des Rheins. Noch nicht einmal Nadja, ihrer besten Freundin, hatte sie sich anvertrauen dürfen. Ihre Übersiedlung auf den alten Kontinent war so schnell, ja regelrecht überstürzt erfolgt, dass sie sich immer noch ein wenig fühlte, als sei sie überfahren worden. Doch sie wusste auch, dass es notwendig gewesen

war, wenn sie auch die Eile ihres Vaters für etwas übertrieben hielt.
An dem Abend, als Dad nach Hause kam und sagte: „Lili, Schätzchen, unser Leben wird sich von nun an etwas ändern", hatte sie mit allem Möglichen gerechnet, aber bestimmt nicht damit, auf einen anderen Kontinent verfrachtet zu werden. Sie hätte sich eher vorstellen können, dass ihr Vater sich entschlossen hätte, wieder zu heiraten, wenn sie sich auch wunderte, die Dame nicht einmal vorher zu Gesicht bekommen zu haben. Sechs Jahre waren eine lange Zeit. Es wäre durchaus verständlich für sie gewesen, wenn sich ihr Dad nach einer neuen Lebensgefährtin umgesehen hätte. Er war noch nicht zu alt und viel zu lebensfroh, als dass er bis zu seinem Tod den einsamen Wolf mit Anhang mimen konnte. Doch als sie von seiner Kündigung erfuhr und vor allem *warum* er gegangen war, fiel sie aus allen Wolken.
Zuerst konnte sie die haarsträubende Geschichte, die ihr Jack erzählt hatte, kaum glauben. Aber als sie hörte, dass auch George Stillwell, der beste Freund ihres Vaters, eine Rolle darin spielte und vor allem *welche*, sah sie ein, dass sie gar keine andere Möglichkeit hatten, als zu verschwinden. Wenn sie sich heute noch einmal die Gründe ihres Untertauchens ins Gedächtnis rief, fühlte sie ein unangenehmes Kribbeln in ihrem Magen. Sie konnte nur hoffen, dass sie schnell genug verschwunden waren. Hier werden sie uns kaum vermuten, falls sie überhaupt nach uns suchen sollten, beruhigte sie sich selbst. Dad hat alle Vorkehrungen getroffen, dass wir uns sicher fühlen können.
Ein unangenehm schriller und zugleich blecherner Ton riss sie aus ihren Gedanken. Die elektronische Schulbimmel litt scheinbar schon vor ihrer Zeit an Altersschwäche und verkündete auf nervenzermürbende Art das Ende der letzten Stunde. Es dauerte nicht lange, da spuckten die großen Glastüren

schon die ersten Schüler aus. Immer mehr Kinder drangen ins Freie, bis sie wie ein Bienenschwarm dem Ausgang zuströmten.

Mit dem Verlassen des Schulhofs gehörte der Vormittag der Vergangenheit an, und Kolja, Tom, Kassim und der dicke Ludger wandten sich wieder interessanteren Themen zu. Sie gingen einträchtig nebeneinander her.
„War echt super, der Film gestern, oder?“
Kassim schwelgte in der Erinnerung an ihr gemeinsames Erlebnis am Vortag. Dass er bei seiner Verabredung abgeblitzt war, schien er längst vergessen zu haben.
„Wie der den anderen zur Strecke gebracht hat, war echt cool“, gab ihm Tom Recht. Er setzte eine gefährliche Miene auf und fuchtelte bei dem Versuch, die Kampfeskunst des Filmhelden zu imitieren, mit seinen Armen und Füßen drohend in der Luft herum. Es sah richtig gut aus. Kolja musste lachen. Er fühlte sich schon zu alt für so was.
Ludger, der Tom insgeheim bewunderte, versuchte, es ihm gleichzutun. Der dickliche Junge stieß einen Schrei aus und kopierte sein Vorbild, so gut es ging. Aber es ging eben nicht so gut. Er stellte sich derart ungeschickt an, dass er Tom an der Seite traf. Der Tritt sollte nur angedeutet sein, doch Ludger hatte sich mit dem Abstand verschätzt, so dass sein Fuß hart Toms Rippen traf. Tom konnte nicht verhindern, dass ihm ein Schmerzensschrei entfuhr.
„Ey, du Spinner“, brüllte er und trat zurück. Doch aus dem Reflex heraus fiel auch seine Reaktion härter aus, als beabsichtigt. Ludger schrie auf und sah ungläubig auf das Blut an seinen Händen, als er sich mit Tränen in den Augen die Nase hielt. Auch Tom sah ziemlich überrascht aus. Doch in seine Überraschung mischte sich noch etwas anderes. Er schämte sich. Und er hasste es, sich zu schämen. Und dies machte ihn wiederum wütend. Kolja merkte nichts von Toms Gefühlsdurcheinander.

Er hatte mit sich selbst genug zu tun. Außerdem konnte er Ludger nicht leiden. Trotzdem war er stinksauer auf Tom. Auf einmal packte ihn die Wut. Er konnte es nicht ausstehen, wenn Größere auf Jungen losgingen, die ihnen körperlich unterlegen waren. Zornentbrannt stieß er Tom fest vor die Brust. Tom ging wiederum auf Kolja los und ließ seiner Wut freien Lauf. Kassim mengte sich dazwischen, um Tom zu helfen, und ohne, dass sie so recht wussten, wie ihnen geschah, waren sie in die schönste Prügelei verwickelt. Das Ganze hatte keine Minute gedauert. Natürlich war ihre handfeste Auseinandersetzung nicht unbemerkt geblieben. Ludger suchte das Weite, als er sah, wie sich Herr Schneider, der Geschichtslehrer, durch die Traube von Schülern kämpfte, die sich inzwischen um die Streithähne gebildet hatte. Er hatte alle Mühe, die drei zu trennen. Schließlich standen sie sich schnaufend gegenüber.
„Was ist los mit euch? Seid ihr nicht mehr ganz klar im Kopf?“ Ärgerlich strich sich der Lehrer seinen zerzausten Haarschopf glatt und befühlte seine Nase. Auch er hatte was abgekriegt. Mit säuerlicher Miene fixierte er die Jungen einen nach dem anderen. Als keine Reaktion ihrerseits kam, fügte er hinzu: „Das wird ein Nachspiel haben. Das könnt ihr mir glauben.“
Die Jungen ignorierten ihn.
„Ihr kommt morgen alle drei in mein Büro, verstanden?“
Keiner der drei sagte etwas.
„Ob ihr mich verstanden habt?“
Bejahendes Nicken. So einigermaßen beruhigt, wandte sich der Lehrer kopfschüttelnd um und überließ sie wieder sich selbst.
„Du bekloppter Hirni!“, schrie Tom Kolja an, als der Lehrer außer Sichtweite war. Als dieser nichts erwiderte, setzte Tom mit bitterbösem Gesicht hinzu: „Wir sprechen uns noch.“
Sprach's und trollte sich. Kassim blickte Kolja noch einen Moment unschlüssig an und rannte dann hinter Tom her.

Lili sah ein paar Mädchen lachend mit zwei Jungs herumalbern. Ein Schrei machte sie auf ein paar andere aufmerksam, die eine Rangelei angefangen hatten. Sie erschrak, als sie sah, wie ein großer Junge einem kleinen Dicken brutal ins Gesicht trat. Ein anderer, soweit sie es sehen konnte, drahtiger, blonder Junge zögerte nicht lange und ging bei dem Versuch, den Kleinen zu verteidigen, auf den Angreifer los. Es dauerte keine drei Sekunden, da war nur noch ein Wirrwarr von Armen und Beinen zu erkennen. Schnell bildete sich ein Ring von Zuschauern. Ein Erwachsener, wahrscheinlich ein Lehrer, drängte sich hindurch und entwirrte das Knäuel mit einiger Anstrengung. Kurz darauf löste sich der Pulk aus Neugierigen auf. Auch die Jungs trennten sich schließlich. Zurück blieb nur der eine, der den Kleineren hatte schützen wollen.

Was war nur mit ihm los? Es hatte ihn doch früher nicht so aufgebracht, wenn sie sich prügelten. Aber auch wenn er jetzt mitgemacht hatte, fühlte er sich eher als Beobachter als jemand, der selbst in eine solche Szene verwickelt gewesen war. Er hatte den Schmerz des Dicken fast körperlich spüren können. Verdrossen kickte er eine Cola-Dose vom Gehsteig. Ein Schwall bräunlich-klebriger Flüssigkeit schoss heraus und ergoss sich über seine neuen Turnschuhe und die Jeans. Er fluchte. Verdammt, heute war wirklich nicht sein Tag. In diesem Augenblick wehte ein leises, schadenfrohes Kichern zu ihm herüber. Mit gerunzelter Stirn hob er den Blick, um zu sehen, wen er zu einem solchen Heiterkeitsausbruch inspiriert hatte.

Sie saß auf einer Mauer und sah zu ihm herüber. Sie musste etwa in seinem Alter sein. Vielleicht etwas älter. Ziemlich dürr und schlaksig, dunkle Locken, schmales Gesicht. Ihre grünblauen Augen sprühten vor kaum unterdrücktem Vergnügen. Er hatte diese Farbe schon einmal gesehen: in einem Reiseprospekt. Aber noch niemals in einem menschlichen Gesicht. Sie waren von der Farbe, die das Wasser annimmt, wenn das smaragdfarbene Grün einer Lagune in das tiefe Blau des Meeres übergeht. Als hätte jemand genau an dieser Stelle eine Pipette ins Wasser getaucht, die Farbe aufgesaugt und einfach in ihre Augen getropft. Es würde einigermaßen schwierig sein, die Farbe auf seiner Palette zu mischen ... Jetzt lächelte sie ihn an. Da wurde er sich bewusst, dass er sie anstarrte.

„Was ist? Hast du nichts besseres zu tun, als hier herumzusitzen und dich auf Kosten anderer zu amüsieren?", fauchte er.

„Nein", grinste sie knapp und zwirbelte ihre braunen Locken zwischen ihren Fingern.

„Zicke", murmelte er.

„Vorsicht, das hab ich gehört", sagte sie, lächelte aber immer noch. Es war ein sehr hübsches Lächeln. Sie war überhaupt ziemlich hübsch – anders als der Durchschnitt, fand Kolja, ärgerte sich aber dann, als er sich bei diesem Gedanken ertappte. Trotzdem ging er näher heran.

„Was willst du hier? Außer andere Leute anpöbeln, meine ich."

Sie ignorierte seine spitze Bemerkung und wies mit ihrem Kinn auf das orange getünchte Gebäude schräg gegenüber auf der anderen Straßenseite.

„Ich sehe mir meine neue Wirkungsstätte an."

Ihre Sprache klang seltsam. Sie sprach zwar Deutsch, aber Kolja hatte sofort den etwas quäkenden Unterton bemerkt, den er manchmal bei den wenigen englischen oder amerikanischen Touristen gehört hatte, die sich in letzter Zeit hier und da in ihren Ort verirrten. Sie war also Amerikanerin. Oder Engländerin? Darüber war er sich noch nicht ganz im Klaren.

„Neue Wirkungsstätte? Soll das heißen, dass du an unsere Schule kommst? Bist du gerade erst hergezogen?"

„Erstens: Ja, das soll es heißen, und zweitens: auch ja – in das Haus auf dem Hügel."

„Etwa in die alte Villa? In die Bruchbude? Da wohnt doch die alte Rebstock. Oder ist die tot?"
Jetzt lachte das Mädchen. „O nein! Ganz im Gegenteil. Meine Granny ist noch quicklebendig. Wenn sie auch in letzter Zeit häufiger krank war."
Granny hatte sie gesagt. Das wurde ja immer besser. Die alte Rebstock galt im ganzen Ort als ziemlich verschroben und lebte sehr zurückgezogen. Er selbst hatte sie noch nie im Leben zu Gesicht bekommen. Und man kann nicht gerade behaupten, dass er sich in dieser Richtung nicht bemüht hätte. Er war jetzt wirklich interessiert. Das alte Haus am Ortsrand hatte immer schon so etwas Geheimnisvoll-Anrüchiges gehabt, mit seinen Türmchen und Erkern und dem romantisch-unordentlichen Garten, in dem verkrüppelte Obstbäume und alte Kastanien standen. Er war lange nicht mehr dort gewesen. Aber als kleiner Junge war er oft darum herumgeschlichen und hatte sich bei dem Versuch, so viel wie möglich von der verbotenen Welt hinter der hohen Bruchsteinmauer auszukundschaften, mehr als einmal die Hände zerschürft, die Hosen zerissen und den Hals verrenkt. Doch welche Geheimnisse hinter der Mauer in dem alten Garten, dem alten Haus und seiner kauzigen Bewohnerin lauern mochten, sie blieben ausschließlich seiner Phantasie überlassen. Und jetzt sprach er mit einer neuen Bewohnerin, die nun auch noch auf seine Schule ging. Vielleicht würde er ja jetzt eine Gelegenheit bekommen, zu sehen, inwieweit seine Vorstellungen der Wirklichkeit entsprachen.
„Es ist auch keine Bruchbude mehr", plapperte das Mädchen weiter. „Wir haben die letzten Wochen ganz schön geschafft."
„Wer ist wir?", fragte er.
„Mein Vater und ich. Und natürlich ein paar Handwerker. Aber das meiste haben wir alleine geschafft", sagte das Mädchen nicht ohne Stolz.
Also ist sie allein mit ihrem Vater hergezogen, dachte Kolja. Er

wollte nicht fragen, was mit ihrer Mutter war; er hatte kein gutes Gefühl dabei. Vielleicht waren ihre Eltern ja geschieden. Oder sie war tot. Er hätte nicht gewusst, was er dazu hätte sagen sollen. Sicher wäre es irgendetwas Heuchlerisches gewesen. Und er hatte keine Lust zu heucheln. Deshalb fragte er nicht weiter nach.

„Ich fand das gut, was du da eben gemacht hast", sagte das Mädchen jetzt.
Ein Schatten huschte über sein Gesicht.
„So, fandest du? Na, wenigstens etwas. Dafür werden mich meine Freunde jetzt mit dem Arsch nicht mehr ansehen."
„Na und?"
„Was heißt hier ‚na und'? Sind schließlich meine Freunde."
„Schöne Freunde, die kleine, dicke Jungen verdreschen."
Er antwortete nicht, sondern schnaubte nur durch die Nase und verzog sein Gesicht zu einer Grimasse.
„Na, *einen* Freund hast du jedenfalls schon gefunden", sagte sie. „Der Dicke wird dir das bestimmt nicht vergessen. Und ich würde erst gar nicht mit dir reden, wenn du mitgemacht hättest."
Er lächelte schief, ließ es aber schnell wieder.
„Du verstehst das nicht."
„Was verstehe ich nicht?"
Vorsichtig befühlte er die blutige Schramme, die sich senkrecht über die linke Gesichtshälfte zog. Sie pulsierte rhythmisch mit seinem Herzschlag. Die Prügelei hatte auch bei ihm ihre Spuren hinterlassen.
Flüchtig entfernte er mit dem Zeigefinger ein nicht vorhandenes Sandkorn aus seinem Auge.
„Ich hab halt keine Lust auf den Außenseiter-Trip." O Gott, was sagte er denn da? Er kam sich plötzlich ungeheuer dumm vor.
„Was ist so schlecht daran?"

„Was ist so gut daran?", gab er patzig zurück. Mann, war die dämlich. Warum ging er nicht einfach? Aber er blieb und sah zu, wie sie die Taschen ihrer Jeans durchwühlte, ein paar zerdrückte Kaugummis zu Tage förderte und ihm eines anbot. Kolja schüttelte den Kopf. Er fand Kaugummikauen kindisch. Warum eigentlich?, fragte er sich weiter, kam aber nicht mehr dazu, dem Gedanken nachzugehen.

„Interessierst du dich für Biologie?" Er war so überrascht von der Frage, dass er spontan antwortete: „Ich bin ganz gut. Eine Zwei bis Drei."

„Ich hab dich nicht gefragt, welche Note du in dem Fach hast, sondern ob du dich dafür *interessierst.*"

Und ohne auf sein Stirnrunzeln einzugehen, sagte sie: „Sieh mal dort hinten rüber, da links neben dem Stoppschild. Siehst du die große Birke?"

Was soll das jetzt wieder?, dachte er etwas genervt, wandte aber den Kopf, und sein Blick folgte ihrem ausgestreckten Finger.

„Ja, ich sehe sie. Bin ja nicht blind. Na und?"

Er zog sich hoch auf die Mauer und setzte sich neben sie, bemühte sich jedoch nicht, seine Ungeduld zu verbergen. Das alles war ihm doch irgendwie zu dumm. Aber sie ging nicht darauf ein.

„Und – kannst du auch den schwarzen Schmetterling erkennen, der auf der weißen Rinde sitzt? Ziemlich weit oben?"

Er kniff die Augen zusammen. Ja, jetzt hatte er ihn.

„Kann ich."

„Das ist ein schwarzer Birkenspanner. Eigentlich sind sie weiß. Aber es kommt auch schon mal vor, dass unter ihnen ein paar schwarze sind. Die weißen sind durch ihre Farbe auf der weißen Rinde für räuberische Vögel fast unsichtbar. Eine gute Tarnung. Die schwarzen werden natürlich sehr schnell entdeckt und gefressen."

„Soviel zum ‚Aus-der-Reihe-Tanzen'", versetzte Kolja und grinste säuerlich. Er ging daran, Moos von den braunen Steinen der Mauer zu piddeln.
Das Mädchen legte kurz die Stirn in Falten.
„In der Gegend, wo ich herkomme, gibt es viele Fabriken. War eigentlich kein so schöner Ort zum Wohnen. Ziemlich laut, und gestunken hat es auch. Die Hauswände waren alle schwarz vom Ruß der Schornsteine. Aber Schmetterlinge gab es dort auch. Auch Birkenspanner. Aber es waren viel mehr schwarze als weiße. Ganz einfach, weil die ‚angerußten Schmetterlinge' auf den angerußten Mauern unauffälliger waren und die Vögel sie nicht mehr so gut sehen konnten. Die weißen waren viel auffälliger und wurden gefressen."
Kolja sah sie verständnislos an.
„Versteh mich jetzt nicht falsch. Ich meine natürlich nicht, dass es gut ist, möglichst viel Qualm in die Luft zu pusten, um den Außenseitern eine Überlebenschance zu geben. Ich wollte damit sagen, dass es solche, die durch irgendein Merkmal aus der Art schlagen, immer wieder gibt. Nur sind sie keine Fehlbildung, sondern einfach der vorbeugende Versuch der Natur, sich auf mögliche Veränderungen der Umwelt einzustellen."
Sie machte eine Pause, um sich zu vergewissern, dass Kolja noch zuhörte.
„Und? Was weiter?"
„Auch bei Menschen gibt es eben diese schwarzen Schmetterlinge oder wie man schon mal sagt – schwarze Schafe."
„Und du denkst, ich wäre eins davon?"
„Könnte doch sein, oder? Die schwarzen Schafe unter den Menschen sind am Ende vielleicht auch diejenigen, die sich eben gerade, weil sie anders sind, auch eher an andere Lebensumstände anpassen können. Sie sind dann also eigentlich ihrer Entwicklung voraus. Kann gut sein, dass die Welt sich so verändert, dass sie auf einmal doch sehr gut angepasst sind.

Vielleicht verändern diese ‚schwarzen Schafe' die Welt sogar selbst in diese Richtung. Die Menschen können so was."
Zuletzt hatte es so ausgesehen, als würde sie die Worte gar nicht mehr an ihn richten, denn sie hatte den Blick unverwandt auf die Flicken ihrer Jeans gerichtet und schien ihm irgendwie abwesend zu sein. Doch jetzt blickte sie ihn direkt an und fragte: „Hast du verstanden, was ich damit sagen wollte?"
„Denke schon. Ganz schön abgehoben, deine Idee. Auch ne Art, die Sache zu sehen."
„Eben."
Kolja bedachte sie mit einem abschätzenden Seitenblick.
„Sag mal, quasselst du eigentlich immer so viel? Ich meine, ich weiß noch nicht mal, wie du heißt, und du hältst mir hier einen Vortrag."
Jetzt wurde das Mädchen rot und senkte den Kopf. Sie wurde wirklich rot. Wie süß.
„Entschuldige. Ja. Das passiert mir immer wieder. Mein Vater sagt auch immer, ich soll nicht so viel reden. Lili heiß ich. Lili ..."
„Ist schon okay. Ich hab ja gesagt, ich fand's nicht schlecht, was du gesagt hast."
Kolja sah auf seine Armbanduhr.
„Ach du Schande. Ich muss heim. Werd erwartet. Sonst kriege ich noch Ärger. Äh – wir sehen uns ja dann wohl morgen in der Schule?"
Lili nickte.
„Lässt sich wohl kaum verhindern."
Ihr Lächeln war unsicher. Mist, dachte sie. Sie hatte ihn vergrault. Das fing ja gut an. Im Laufen drehte sich Kolja noch einmal kurz um.
„Hey!"
„Was ist?"
„Ich heiße übrigens Kolja."
Dann machte er, dass er nach Hause kam.

3 EIN ÜBERRASCHENDER SINNESWANDEL

„Das Essen ist gleich fertig", rief Koljas Mutter ihm aus dem Wohnzimmer zu. Sie bezog gerade das Bett frisch. Das Fenster war geöffnet. Es roch nach einem größeren Malheur. Opa saß im Rollstuhl und grinste ihn an.
„Na, junger Mann? Was gibt's Neues?"
„Alles beim Alten", antwortete Kolja. Er hockte sich hin und nahm Marie auf den Arm, die auf dem Teppich ihre ersten Krabbelversuche unternahm. Zielsicher bewegte sie ihre Patschhändchen in Richtung Nase und drückte so kräftig zu, dass ihrem Bruder die Tränen in die Augen traten.
Opa sah dem Ganzen belustigt zu.
„Marie, schau mal!" Er hob mit schmerzverzerrtem Gesicht seinen rechten, knochigen Arm und streckte ihn, so gut es ging.
„Sag mal: Heil!"
Marie kümmerte sich nicht um ihn. Koljas Nase war für sie interessanter als die Kriegserlebnisse ihres Ahnen. Er ließ den Arm wieder sinken. Kolja sagte auch nichts mehr dazu. Früher hatte er sich oft mit seinem Großvater wegen so etwas in die Haare bekommen und sich fürchterlich aufgeregt. Heute tat ihm der alte Mann nur noch leid. Außerdem ahnte er mittlerweile, dass ihn der Alte nur provozieren wollte.
„Vater, was soll denn das!" Koljas Mutter schob Großvater wieder mit dem Rollstuhl ans Bett. „Hilfst du mir mal gerade?"
Gemeinsam hoben sie den Körper des alten Mannes wieder in die Kissen. Er war schwer. Kolja fragte sich zum x-ten Male, wie

seine Mutter das alles schaffte. Das Baby, die Großeltern, Haushalt ... Birgit hatte Marie verhältnismäßig spät bekommen. Keiner hatte mehr mit dem quirligen Nachzügler gerechnet. Sein Vater und er halfen zwar mit, so gut es ging, aber allmählich hatte er das Gefühl, es wurde ihr doch zuviel. Sie sah zunehmend schlechter aus. Ihre blonden Haare fielen ihr in unordentlichen Strähnen glanzlos auf die Schultern und zartbläuliche Ringe umschatteten ihre Augen.
„Wie ist das denn passiert?“ Behutsam tastete ihre Hand nach der Schramme in seinem Gesicht. Er drehte den Kopf weg. „Halb so wild.“
Seine Mutter wusste wohl, dass sie keine Antwort bekommen würde. Sie wechselte das Thema.
„Papa will mit dir sprechen. Er ist noch im Garten. Er hatte heute früher frei.“
Abschätzend blickte er seine Mutter an. Ihr Tonfall hatte nicht verraten, ob es etwas Gutes oder Schlechtes war, worum es ging. Er konnte doch unmöglich schon von der Prügelei gehört haben, dachte Kolja.
„Was ist denn los?“
Ermunternd lächelte sie ihm zu.
„Na geh schon.“
So ist das also, dachte Kolja. Ganz nach dem Motto: Wenn du mir keine Antwort gibst, gebe ich dir auch keine.
Der Garten der Zobels war ein Musterbeispiel für den Sieg des Menschen über die Zügellosigkeit der Natur. Die Beete sahen aus, wie mit dem Geodreieck gezogen. Koljas Vater war Mathelehrer. Einmal war Herr Knebel, ein Bauer, der in ihrer Nachbarschaft wohnte, vorbeigekommen, besah sich das Ganze eine Zeitlang wortlos und sagte dann: „Mann, dat is jo en Boddem, do kann mer jo Pralinne drin zeje.“ Ordnung muß sein. Koljas Vater kniete mit dem Rücken zu ihm vor dem Beet mit den dicken Bohnen und kämpfte einen schier endlosen Kampf

gegen die Ackerwinde. Er hörte Kolja nicht kommen. Er tat etwas, was er nur sehr selten tat. Er träumte am hellichten Tag ein wenig vor sich hin.
Seine Gedanken kreisten noch um das Fest am gestrigen Abend. Es war wirklich ein tolles Fest gewesen. Alle waren vertreten. Der Bürgermeister, die Stadträte, die Innungsmeister der verschiedenen Handwerkszünfte, Schützengesellschaft und Männergesangverein – alle waren sie da gewesen. Und in allen Gesichtern war die Freude darüber zu lesen, dass ausgerechnet ihr Heimatort Klosternelde als Standort für die phantastische Akademie erwählt worden war.
„Jetzt geht's aufwärts", hatte der Landrat in seiner Rede gesagt. Nun sei Schluss mit der kulturellen Grauzone. Klosternelde würde als neue Perle am Rhein nun endlich von seinem provinziellen Stiefkinddasein befreit und mit seinem Glanz die Welt auf sich aufmerksam machen. Der Landrat wurde immer etwas poetisch in seinen Ansprachen. Deshalb trug er auch den Spitznamen „Häuptling Langer Atem" ...
Und es war wirklich erstaunlich, wer auf einmal alles künstlerisch begabte Kinder hatte! Davon hatte man vorher gar nichts gewusst! Ausgerechnet sein, Herrn Zobels, Vorgesetzter, der Direktor des Gymnasiums, der mit Kunst nun überhaupt nichts am Hut hatte, rühmte plötzlich die bemerkenswerten Fähigkeiten seines Sohnes, der schon mit fünf Jahren wahre Kunstwerke aus seiner bunten Knete geschaffen hätte. Ausgerechnet der Pöhler! Nun, wer weiß? Vielleicht würde ja nun im Bildhauerkurs ein zweiter Rodin aus ihm. Glaubte man den Erzählungen der anwesenden Gäste, so wimmelte es an der Nelde plötzlich geradezu von kleinen Genies.
Auf einmal hatte er das Gefühl von Zeitdruck gehabt. Dass es nun eilte und er sich beeilen musste, damit Kolja – der ohne Zweifel wirklich begabt war – nicht ins Hintertreffen geriet. Die Plätze in den Kursen waren heiß begehrt. Und obwohl er es

eigentlich gar nicht vorgehabt und Koljas Malerei immer etwas skeptisch gegenübergestanden hatte, so freute er sich doch am Ende diebisch, es noch geschafft zu haben, Koljas Namen mit auf die Liste zu setzen. Er lächelte bei dem Gedanken daran.
Ein leises Räuspern riss ihn aus seinen Träumereien.
„Ah, da bist du ja." Er erhob sich und wischte sich den Schweiß von der Stirn. Dabei blieben ein paar Krümel Erde an seinen buschigen Augenbrauen hängen. Sie waren wirklich extrem buschig. Aber sie passten zu seinem dunklen Haarschopf, der ihm ein ziemlich wildes Aussehen verlieh. Ein bisschen sah er aus wie ein Barbar. Aber nur ein bisschen, denn dazu fehlten ihm die Muskeln; er war zu dünn.
Kolja lehnte sich gegen den Kompostbehälter und bemühte sich, lässig zu gucken. Er brauchte nicht lange zu warten. Sein Vater redete nie um etwas herum; meistens kam er gleich zur Sache. Eigentlich gefiel Kolja das ganz gut an ihm. Doch manchmal schockte seine direkte Art auch etwas. Er ahnte Böses.
„Du weißt ja, dass deine Mutter und ich gestern Abend im Kloster waren."
Kolja nickte bestätigend.
„Nun, ich habe mich da mit einigen Leuten unterhalten ..."
Sorgfältig befreite er die kleine Harke in seiner Hand von der braunen Erde. Jetzt fing er doch tatsächlich an, herumzudrucksen. Kolja setzte eine erwartungsvolle Miene auf.
„Also, es ist so. Du weißt ja, was ich über deine Malerei denke. Ich finde deine Bilder toll. Aber ..."
„Ja, ich weiß. Du brauchst es nicht schon wieder zu sagen. Ich weiß, was jetzt kommt."
„Nein, das weißt du nicht."
Leicht irritiert sah Kolja seinen Vater an.
„Ich habe mich nach reiflicher Überlegung dazu entschlossen, dich für einen Kurs in der Akademie anzumelden. Ich denke,

es ist doch direkt vor unserer Nase, und wenn du vielleicht in dieser Richtung effektiver gefördert wirst, hast du vielleicht auch mehr Lust, dich um andere Sachen zu bemühen."
Kolja guckte ungläubig.
„Na ja", fuhr sein Vater fort. „Der Kurs fängt übermorgen an. Um drei. Ich habe den letzten Platz für dich gerade noch bekommen."
Er sah die Begeisterung in der Miene seines Sohnes und hob abwehrend die Hände.
„Eines sag ich dir aber gleich. Wenn ich merken sollte, dass du dich in der Schule verschlechterst, hole ich dich sofort wieder da runter. Und dann ist es mir vollkommen gleichgültig, in was für einer kreativen Phase du dann gerade steckst. Ist das soweit klar?"
Kolja umfasste das verwunderte Gesicht seines Vaters mit beiden Händen und gab ihm einen Kuss auf die verschwitzte Stirn. „Völlig klar!", sagte er und machte, dass er ins Haus kam. Doch es war schon zu spät. Die Kartoffelknolle, die ihm nachgeworfen wurde, traf ihn hart im Rücken. Hoffentlich überlegt er es sich nicht wieder anders, wenn der Schneider ihm von der Prügelei erzählt, dachte Kolja. Es war keine Frage, dass der Geschichtslehrer seinen Vater deswegen ansprechen würde. Aber eigentlich machte er sich keine Sorgen, dass sein Vater ihm deswegen Ärger machte. Der konnte Herrn Schneider nämlich nicht ausstehen.
Nach dem Essen verzog er sich auf sein Zimmer. Nachmittags sollte er auf Marie aufpassen – seine Mutter wollte zum Friseur. Wurde auch Zeit, dass sie mal etwas für sich tat, wenn es auch nur ein bisschen war. Außerdem hatte Kolja sowieso nichts Besseres vor. Hausaufgaben hatten sie heute, am ersten Schultag, keine bekommen, und zum Malen hatte er jetzt keine Lust. Er warf sich auf sein Bett und angelte sich ein Comic-Heft. Er las sie zwar nicht mehr so oft wie früher, aber manchmal über-

kam es ihn doch noch, und er griff sich eines der zerfledderten Hefte. Vor einigen Jahren hatte er eine riesige Sammlung aller möglichen Comic-Books besessen: das meiste von Jimm-Jim, Celvin und Zero, den drei knollennasigen Helden, die mittlerweile fast genauso berühmt waren wie Donald Duck und Co. Den größten Teil seiner Sammlung hatte er auf dem Flohmarkt verhökert, aber einige der bunten Heftchen stapelten sich noch in einer Ecke seines Bücherregals. Als eiserne Reserve sozusagen. Man brauchte nicht großartig nachzudenken, ließ es einfach in sich hineintröpfeln. Also das Richtige, um einfach zu entspannen.

Die drei knollennasigen Helden waren wieder einmal in ein haarsträubendes, unglaubliches Abenteuer verstrickt; eine dieser verrückten Storys, die zwar ziemlich weit hergeholt, aber gerade deshalb so unterhaltsam waren. Die Bewohner eines Gummibaums waren in der Bredouille. Ein paar Aufständische hatten sich zum Widerstand formiert und wollten die gesamte Ordnung ihrer kleinen Welt umkrempeln. Also bat das kleine Völkchen der Gummijaner – nett aussehende, rundliche Gesellen – das berühmte Trio um Hilfe gegen die Rebellen, die es wagten, ihr schönes System umzukrempeln und zum „Großen Verrat“ aufgerufen hatten.

Die Helden ließen sich auf gummibaumgerechte Größe verkleinern, wurden von den Gummijanern über die Sachlage aufgeklärt und machten reinen Tisch. Sie besprühten die Revoluzzer kurzerhand mit einer mitgebrachten Wunderchemikalie, einer Jubeldroge, die ihre Gegner schlagartig zu dümmlich grinsenden, willenlosen Wesen werden ließ. Die ehemaligen Rebellen, auf diese drastische Weise bekehrt, barsten plötzlich geradezu vor Zufriedenheit und waren voller Lob auf die klugen Herrscher. Sie waren nicht mehr sie selbst, aßen mit einem Mal voller Genuß Speisen, die sie vorher niemals angerührt hätten und stimmten bei dem großen Siegesbankett zu Ehren der drei Helden inbrünstig mit in die Hochrufe auf den alten König ein. Aus den bedrohlichen Aufständischen wurden *Rummsdibumms* brave Gefolgsleute, die keine Gefahr mehr darstellten, weil sie ja nicht mehr selbstständig denken konnten. Ende gut, alles gut? Noch nie hatte Kolja sich so genau den Inhalt einer dieser Geschichten bewusst gemacht. Natürlich war die Handlung nicht ganz so eindeutig gestrickt; der Kern der Geschichte war mit allen möglichen Witzchen und Tollpatschigkeiten verschleiert worden. Aber es war ohne Zweifel das, was übrig blieb, wenn man das ganze Drumherum wegließ.

So was Blödes. Das hieße ja, dass alle, die an einem System zweifelten, einfach nur benebelt werden müssen. Kolja klappte den Comic zu. Die werden auch immer dämlicher. Vielleicht bin ich auch einfach schon zu alt für die Dinger, dachte er noch. Dann döste er ein.

Gegen drei, nach Maries Mittagsschläfchen, fuhr er mit ihr im Kinderwagen in Richtung Fluss. Ein paar Mal hatten ihn seine Freunde damit aufgezogen, als sie ihn so gesehen hatten. Doch das machte ihm kaum etwas aus; er wusste, dass mindestens zwei von ihnen selber auf ihre kleinen Geschwister aufpassten. Außerdem liebte er Marie. Sie war ihm nicht peinlich. An der Stelle, an der sich der Maibach aus der feuchten Düsternis der Klamm ins Sonnenlicht wagte und sich leise plätschernd mit dem Wasser der Nelde vereinte, setzte er sich auf einen bemoosten Baumstamm. Es war seine Lieblingsstelle am Fluss. Auf der Breite von vielleicht drei Metern lag hier weißer, feinkörniger Sand. Es war fast wie ein kleiner Strand. Er setzte sein Schwesterchen in den Sand und legte ihr ein paar Steine zum Spielen hin. Es dauerte nicht lange, da wälzte sie sich mit Wonne im Sand und krähte glücklich. Sie sah aus wie paniert. Wie meistens hatte Kolja einen kleinen Skizzenblock und ein paar Bleistifte mitgenommen. Zuerst waren seine Striche noch zögernd, vorsichtig. Doch bald bewegte sich seine Hand immer sicherer über das Papier. Ein etwas zu eckiges Kinn stand im Gegensatz zu der fein geschwungenen Linie des Mundes, an dessen Enden zwei kleine Grübchen saßen. Ein paar Locken ringelten sich vorwitzig in die Stirn, dunkle Brauen über schräggeschnittenen Augen. Er war nicht besonders gut darin, aus dem Gedächtnis zu zeichnen, aber die Details stimmten. Trotzdem war er nicht zufrieden. Er würde sich Lili noch einmal genauer ansehen müssen.

4 IN DER REBSTOCK-VILLA

Am nächsten Morgen hielt sich Kolja nicht lange damit auf, den Morgenmuffel heraushängen zu lassen. Er war nervös. Die Ereignisse des Vortages hatten ihn einigermaßen durcheinander gebracht. Ohne großen Appetit kaute er auf seinem Marmeladebrot herum und sah Birgit zu, wie sie noch total verschlafen im Morgenrock das Fläschchen für Marie zubereitete. Sein Vater war schon früh aus dem Haus gegangen. Kolja dachte an den vergangenen Tag. Irgendwie kam er ihm unwirklich vor. Er konnte sich heute nicht mehr vorstellen, dass er sich tatsächlich mit seinen besten Freunden geprügelt hatte, um dann mit einem wildfremden Mädchen über Schmetterlinge zu philosophieren.
Er wusste immer noch nicht, wo sie herkam und warum sie so gut deutsch sprach.
„Ach, Kolja?"
Seine Mutter riss ihn aus seinen Gedanken.
„Könntest du dir für heute Mittag ausnahmsweise mal eine Tiefkühlpizza oder so mitbringen? Ich bin wirklich fix und fertig. Marie hat die ganze Nacht gehustet. Wieder so ein allergischer Husten, nehme ich an. Jedenfalls muss ich mit ihr zum Kinderarzt. Je nach dem, wie lange es da dauert, habe ich keine Zeit mehr, was zu kochen. Ist das okay?"
„Geht klar", antwortete Kolja. Seine Mutter sah heute morgen wirklich zum Fürchten aus. Trotz frisch gelegter Ibiza-Dauerwelle. Man sah ihr an, dass sie eine lange Nacht hinter sich hatte.

„Danke dir", sagte sie erleichtert und kramte in ihrer Haushaltskasse, einer alten Blechdose. Sie hielt ihm einen Zwanzigmarkschein hin.

„Und wenn du schon mal im Supermarkt bist, könntest du mir noch Milch mitbringen? Aber Vollmilch – und frische!"

„Kein Problem."

Kolja steckte sich den Geldschein in die Hosentasche und zog sich seine Jacke an.

„Du bist ein Schatz."

Sie drückte ihm einen Kuss auf die Wange und wuselte ihm durchs Haar.

„Brauchst du sonst noch irgendwas aus der Stadt? Vielleicht für den Kurs? Vergiss nicht, er fängt morgen an."

Ach ja – der Kurs. Er schüttelte den Kopf. „Nein, ich hab' ja alles da. Außerdem weiß ich ja noch gar nicht, was ich genau brauche. Werden die uns schon noch sagen."

Sie blickte ihn einen Moment lang schweigend an und lächelte dann.

„Ich bin froh, dass du hingehst. Es gefällt dir bestimmt."

„Kann schon sein. Abwarten. Also – ich muss jetzt los. Bis dann."

Bis zur Schule war es nicht weit. Zu Fuß waren es höchstens zwanzig Minuten. Trotzdem brauchte er heute etwas länger. Er hatte es nicht besonders eilig, seinen Freunden gegenüberzutreten. Und er wusste auch nicht, was er ihnen sagen sollte. Einerseits tat es ihm leid, andererseits fühlte er sich aber auch im Recht. Er würde erst mal abwarten, was Tom zu sagen hatte. Seine Gedanken wanderten weiter zu Lili. Sie war schon etwas seltsam. Schien aber ansonsten ganz nett zu sein. Außerdem machte sie ihn irgendwie neugierig. Vielleicht kam sie ja auch in seine Klasse. Er beschleunigte seine Schritte und kam gerade rechtzeitig, um von Tom die kalte Schulter gezeigt zu bekommen. Der warf Kolja nur kurz einen bösen Blick zu, ignorierte ihn aber dann völlig. Kassim nickte ihm wenigstens zu.

Kolja sah Lili erst in der großen Pause wieder. Allerdings nur durch das Fenster des Lehrerzimmers. Während Herr Schneider ihm, Kassim und Tom einen Vortrag über menschliches Zusammenleben im Allgemeinen und in der Schule im Besonderen hielt, beobachtete er durch die Scheibe, wie sie sich unten auf dem Schulhof mit ein paar Mädchen aus ihrer neuen Klasse unterhielt. Sie war also in seine Parallelklasse gekommen, stellte er enttäuscht fest. Na, machte nichts. Man würde schon wieder irgendwie ins Gespräch kommen. Er würde sie nach dem Unterricht einfach abfangen.
„... aber wenn das noch einmal vorkommt, werdet ihr nicht mehr so glimpflich davonkommen, klar?“ Kolja registrierte, dass Herr Schneider zum Ende gekommen war und setzte eine zerknirschte Miene auf. Tom und Kassim taten es ihm gleich. Als sie die Türe des Lehrerzimmers hinter sich schlossen, versuchte Kolja, Tom anzusprechen. Dieser hatte ihn auch weiterhin nicht beachtet. „Tom, hör mal, ich ...“
„Verpiss dich. Mit dir bin ich fertig.“
„Mensch, komm schon. Wir können doch wenigstens drüber reden.“
„Können wir nicht.“
„Und warum nicht?“
„Hast du nicht gehört, was ich sagte? Mach, dass du Land gewinnst, sonst fängst du dir noch eine.“
Kolja verkniff sich den „Idioten“, der ihm auf der Zunge lag, biss sich auf die Lippen und ließ Tom wortlos stehen. Da herrscht wohl fürs erste Funkstille, dachte er wütend. Sollten sie doch ohne ihn ihre pubertären Spielchen spielen.
Den Rest des Vormittags verbrachte er in düsterer Grübelei. Die Englischstunde bei Herrn Blase, der seinem Namen dadurch

Rechnung trug, dass er den Unterricht in solcher Weise durchhechelte, als müsse er dringend aufs Klo, und Erdkunde bei „Locke“, dem ewig dauergewellten Fiesling, glitten einfach an Kolja vorbei. Nach der letzten Stunde beeilte er sich, um als einer der ersten das Gebäude zu verlassen. Er brauchte nicht lange zu warten. Lili kam, flankiert von drei Mädchen, die sich angeregt mit ihr unterhielten, durch die Glastüre. Als sie ihn erblickte, winkte sie ihm zu, sagte noch schnell etwas zu den anderen und kam zu ihm herüber. Das lief ja besser, als er erwartet hatte. Sie schien sogar etwas erleichtert, ihn zu sehen, und das Gespräch mit den Mädchen beenden zu können.
„Hi, wie geht's?“, fragte sie.
„Ganz gut. Und dir? Wie war dein erster Tag?“
„Halb so wild. Ist natürlich noch ziemlich ungewohnt und so ein paar Sachen stinken mir jetzt schon, aber wenigstens habe ich mit eurer Sprache keine Schwierigkeiten.“
„Das habe ich gestern schon gemerkt. Wo kommst du eigentlich her?“
„Kalifornien“, sagte Lili knapp. Wahrscheinlich war er nicht der erste, der fragte, und sie hatte wohl genug davon, ausgefragt zu werden. Aber er interessierte sich nun mal für sie und wollte mehr über sie wissen.
Deshalb fragte er einfach weiter, als sie den Bürgersteig entlangschlenderten.
„Und wieso bist du jetzt hier?“
Lili traf diese Frage keineswegs unvorbereitet. Sie konnte es sich nicht leisten, durch Herumdruckserei Aufmerksamkeit auf sich zu ziehen. Ihr Vater hatte sich mit ihr gemeinsam eine einfache, glaubwürdige Geschichte zurechtgelegt, die niemand anzweifeln würde und die sie heute schon mindestens dreimal aufgesagt hatte.
„Meine Mutter ist vor einem halben Jahr gestorben.“
Kolja sah sie mit verlegener Bestürzung an. Lili registrierte es

zufrieden. Auch er würde nicht weiter fragen. Daddy hatte Recht gehabt. Das war eine *Darüber-spricht-man-nicht-Sache.* Und es war nur teilweise gelogen. Lilis Mutter war schon seit sechs Jahren tot. Es gehörte sich zwar nicht, gerade bei so einer Sache zu lügen, aber Lili war sich sicher, Mom hätte nichts dagegen gehabt. Schließlich war es nur zu ihrem Schutz und außerdem eine plausible Erklärung für ihr Hiersein. Obwohl Kolja nichts weiter sagte, erzählte sie noch das Ende der Story.
„Mom war Deutsche und hat meinen Vater bei einer Studienreise in den Staaten kennengelernt. Sie kam von hier. Aus Klosternelde. Und die alte Rebstock, wie du sie nennst, ist ihre Mutter. Als Mom starb, hielt es Daddy für das Beste, wenn ich im Haus meiner Großmutter aufwachsen würde. Er hatte außerdem ein ganz gutes Angebot in seinem Job hier in Deutschland. Und da sind wir."
„Aha", sagte Kolja nur. Er wusste nicht so recht, was er darauf erwidern sollte.
„Und, gefällt es dir hier?", fragte er dann.
„Na ja, es geht so. Eigentlich ganz gut. Aber ich bin noch nicht viel hier herumgekommen durch den Umzugsstress und die Renovierung."
Da hatte Kolja eine Idee.
„Was hältst du davon, wenn ich dich ein bisschen rumführe? Ich meine – es gibt zwar nicht viel zu sehen, aber ich habe heute sowieso nichts besseres vor."
Lili lächelte erfreut. „Heute? Ja, warum nicht? Du kannst mich ja mal aufklären, was man hier so macht. Und du hast wirklich Zeit?"
Kolja grinste. „Sonst hätte ich es dir nicht angeboten. Ich meine im Allgemeinen das, was ich sage. Aber viel ist hier nicht los. Das kann ich dir gleich sagen."
„Na dann – okay. Holst du mich ab? Dann kann ich dir ja auch mal unser Haus zeigen. Du weißt doch, wo es ist?"

„Klar, die Humboldt-Allee runter und dann den Hügel rauf."
„Ach, das ist eine Allee? Wusste ich noch gar nicht. Wo sind dann die Bäume?"
„Weiß nicht. Ich wohne in der Teichstraße. Da gibt's auch keinen Teich. Und hat es meines Wissens auch früher nicht gegeben."
Lili lachte. „Mann, ist das krank. Stell dir mal vor, du würdest ‚Im Amselbusch' wohnen und in Wirklichkeit wären da nur Hochhäuser mit mindestens vierzehn Stockwerken. Hauptsache, es hört sich schön an."
„Ich weiß, ist ganz schön verlogen. Aber ist nun mal so."
Kolja dachte an das hässliche Neubaugebiet, in dem Tom wohnte. Ilexweg, Finkenschlag, Drosselgang. Tom wohnte ‚Im Meisennest'. Und sein Haus sah mit ein paar Abweichungen genauso aus, wie all die anderen, die da in Reih und Glied standen.
„Du hast Recht. Was soll's. Also, du kommst?"
„Halb drei bin ich da."
„Okay. Bis dann also."

Kolja war etwas aufgeregt, als er um Punkt halb drei durch das schwere Gartentor ging. Damals, als kleiner Junge, hätte er wer weiß was dafür gegeben, hier einfach so hereinzuspazieren. Als er die wenigen verwitterten Steinstufen zur Eingangstür hinaufstieg, hatte er sogar etwas Herzklopfen. Er klingelte. Drinnen im Haus ertönte ein melodisches Glockenspiel und verkündete seine Ankunft. Es dauerte nicht lange, und die Tür öffnete sich.
„Schön, dass du gekommen bist", sagte Lili und sah ihn freundlich an. Sie hatte ihre Haare zu einem Pferdeschwanz gebunden und trug Jeans und einen grünen Nicki-Pullover, der die seltsame Farbe ihrer Augen noch zu verstärken schien.
„Na, komm schon rein, oder willst du hier festwachsen?", fragte sie, als Kolja keine Anstalten machte, näher zu kommen. Er

riss sich zusammen und ging an Lili vorbei in die Eingangshalle. Doch vor ihm breitete sich nicht das erdrückend-dumpfe Halbdunkel eines Spukhauses aus, das Kolja insgeheim erwartet hatte, sondern eine helle lichtdurchflutete große Diele mit einem farbenfroh gewebten Teppich, einer verschnörkelten Truhe unter einem ovalen Spiegel und einem altmodischen Garderobenständer. Durch hohe Fenster, die teilweise aus Buntglas bestanden, fielen warme Sonnenstrahlen und malten bunte Flecken auf Wände und Boden. Von der Diele gingen sternförmig mehrere Zimmer aus, die, wie Kolja später feststellte, vielleicht etwas altmodisch eingerichtet waren, jedoch gemütlich und warm wirkten, ohne muffig zu sein. Die alte Villa entsprach in keiner Weise den düsteren Vorstellungen seiner Kindheit. Es war ein Haus, in dem man lebte. Ein sehr schönes, altes – ja. Aber je mehr er davon sah, desto mehr verlor es von seiner geheimnisvollen Aura, die Koljas Kinderphantasien um es herum gestrickt hatten.
Lili führte ihn durch einen schwarz-weiß gefliesten Flur, von dem eine geschnitzte Treppe in die oberen Stockwerke führte, in eine geräumige Küche, die von einem riesigen alten Herd, einer überdimensionalen Tiffany-Lampe und einem großen, einfachen Holztisch beherrscht wurde, auf dem noch die Reste des Frühstücks herumstanden. Lili ging zum Kühlschrank, einem buckligen Vehikel aus alter Zeit, und holte eine Safttüte heraus. „Willst du auch?“
„Okay“, sagte Kolja nur. Während er beobachtete, wie Lili den Tisch freiräumte, Gläser und Plätzchen hinstellte, fiel seine anfängliche Scheu langsam von ihm ab. Er fühlte sich wohl.
„Kolja ...“, sagte Lili.
Er sah sie fragend an.
„Ich habe den Namen noch nie gehört. Er ist schön. Wo kommt der her?“
„Aus einem Kinderbuch“, sagte er. „Das Lieblingsbuch meines

Vaters, als er noch ein kleiner Junge war, hieß ‚Kolja und der Kraken'. Lieblingsbuch, Lieblingsname. Also hat er mich so genannt."
„Worum geht's in der Geschichte?"
„Ach, das ist schnell erzählt. Ein kleines Fischerdorf geriet in Not, weil draußen im Meer ein großer Kraken sein Unwesen trieb und die Boote der Fischer attackierte. Er kippte die Boote um, griff sich einen oder zwei der Männer, stieß seine blaue Farbwolke aus, wie das Kraken eben so machen, damit ihn niemand verfolgen kann und verdrückte sich. Bald traute sich keiner der Fischer mehr aufs Meer hinaus. In dem Dorf lebte ein Junge, der hieß Kolja. Auch seine Eltern und seine kleine Schwester gerieten in große Not. Als sie absolut nichts mehr zu essen hatten, beschloss Koljas Vater, mit dem Boot hinauszufahren. Er ließ es sich nicht ausreden und versprach, sich nicht weit vom Strand zu entfernen. Als er weit genug weg war und nichts mehr dagegen unternehmen konnte, setzte sich Kolja in sein eigenes kleines Boot und fuhr ihm hinterher. Zur Sicherheit hatte er die zweite Harpune seines Vaters mitgenommen. Nun hatte Kolja eine kleine körperliche Schwäche. Er war farbenblind. Und zwar nicht nur so, dass er gewisse Farben nicht erkennen konnte, sondern sie existierten einfach nicht für ihn. Als der Vater sein Netz ausgeworfen hatte, kam der Kraken und warf das Boot um. Wie immer stieß das Vieh seine Farbwolke aus und wollte mit Koljas Vater in seinen Fangarmen die Flucht ergreifen. Doch wie gesagt, konnte Kolja Farben nicht sehen. Das Monstrum konnte sich also vor ihm nicht verstecken, weil Kolja einfach durch die Wolke hindurchsah. Er warf die Harpune, murkste es ab, war der Held und fertig."
„Das ist eine gute Geschichte", sagte Lili und knabberte nachdenklich an ihrem Schokoladenplätzchen.
„Wohnst du schon lange hier? In Klosternelde?", fragte sie schließlich.

„Ich bin hier geboren“, antwortete Kolja. „Und wie es aussieht, werde ich fürs Erste auch hier bleiben. Mein Vater hat hier einen ganz guten Job. Du wirst ihn wohl bald kennenlernen. Er unterrichtet Mathe an unserer Schule.“
„Ist das so ein langer dünner mit Einstein-Augenbrauen?“
Kolja nickte.
„Dann kenne ich ihn schon. Ich hatte heute ganze zwei Stunden bei ihm. Scheint ganz nett zu sein, aber anstrengend.“
„Das ist Mathe meistens.“
„Ich meinte eher ihn.“
„Was macht dein Vater denn so?“, fragte Kolja, weil er nicht wusste, was er darauf sagen sollte.
„Er ist bei einer Graphik-Design-Firma eingestiegen. Er fährt jeden Tag nach Köln.“
„Er malt?“ Koljas Interesse war geweckt.
„Nein, er zeichnet. Hauptsächlich Werbung.“
„Ach so, du meinst er versucht, ein Stück Seife möglichst verlockend aus der Verpackung herausgucken zu lassen, die eine nackte Frau in der Hand hält. So ungefähr?“
Es hatte nicht so abfällig klingen sollen, wie es herauskam. Aber Koljas Äußerung hatte Lili verärgert. Plötzlich hatte sie das Bedürfnis, ihren Vater zu verteidigen.
„Früher hat er Comics gemacht“, sagte sie nicht ohne Stolz. Kaum, dass sie es ausgesprochen hatte, ärgerte sie sich, etwas gesagt zu haben, das laut Absprache mit ihrem Vater nicht erwähnt werden sollte. Die Vergangenheit war tabu. Sie ging niemanden etwas an.
Kolja bemerkte nichts von Lilis Stimmungswechsel. Dazu fand er das Thema zu interessant.
„Was, im Ernst? Du meinst so richtig? Wie die Power-Rangers oder Jimm-Jim, Celvin und Zero?“
„So in der Art, ja“, sagte Lili ausweichend. Und bevor Kolja weiterfragen konnte: „Liest du Comics?“

„Nicht mehr so viel wie früher. Gestern hab ich noch mal in einen reingeguckt. Ich fand die Geschichte aber ziemlich blöd. Trotzdem – manchmal habe ich richtig Lust, mich berieseln zu lassen, und dafür sind die Dinger gerade richtig. Man braucht nicht großartig nachzudenken. Gut zur Entspannung." Er grinste.
Dann bemerkte er den seltsamen Blick, mit dem Lili ihn ansah. Kolja wurde es unbehaglich zumute.
„Was ist? Habe ich was Falsches gesagt?"
Lilis Miene änderte sich schlagartig, und einen Moment lang fragte er sich, ob er sich die Wut darin nur eingebildet hatte.
„Nein, Quatsch. Was soll schon sein?", sagte sie schnell. Kolja wollte gerade etwas erwidern, da ertönte plötzlich über ihnen ein dumpfes Gepolter und direkt darauf lautes Gezeter. Verwundert sah er Lili an, die sofort von ihrem Stuhl hochschoss.
„Oh nein, hoffentlich ist Granny nichts passiert."
Sie lief aus der Küche, drehte sich aber im Laufen noch einmal um.
„Kommst du mit?"
Kolja folgte ihr einigermaßen verwirrt die Treppe hinauf bis ins zweite Stockwerk. Von oben hörte man noch immer dumpfes Gerumpel, das von heftigen Verwünschungen begleitet wurde. Auf dem obersten Absatz blieb Lili stehen und drehte sich zu ihm um.
„Pass auf! Die Stufe hier ist morsch. Wenn du da draufsteigst, brichst du ein und stürzt ab."
Kolja sah nach unten.
„Wird aber Zeit, dass ihr das reparieren lasst. Da kann man sich ja das Genick brechen, so hoch wie das hier ist."
„Tut mir leid, das wird wohl nicht passieren. Die Stelle wirst du dir also leider merken müssen, wenn du öfter herkommen solltest – was ich hoffe", fügte sie noch hinzu.
„Was? Wieso? Warum wollt ihr das nicht machen lassen?"

„Tja, also meine Granny lässt es mit voller Absicht nicht reparieren. Sie sagt, wenn sie so alt und vergesslich wird, dass sie sogar in ihrem eigenen Haus vergisst, wo sie hintreten darf, dann sei es sowieso an der Zeit, sich zu verabschieden."
„Du lieber Himmel. Hier ist es ja lebensgefährlich. Habt ihr noch mehr solcher Gedächtnisfallen hier?"
„Noch so zwei oder drei."
„Was heißt hier oder? Weißt du denn nicht genau ..."
Doch weiter kam er nicht. Sie waren einen hellen Korridor entlanggegangen und an einer weißgestrichenen Türe angelangt, die Lili ohne weitere Vorrede geöffnet hatte.
„Granny? Was machst du denn?! Oh nein. Hast du dich verletzt? Ach – das ist Kolja. Kolja Zobel. Ein Freund aus der Schule."
Er wusste nicht genau, was er sich vorgestellt hatte. Eine hagere Hexe mit Adlernase und stechenden Augen vielleicht. Oder eine dicke, schmuckbehangene Tante mit fettigen Haaren. Doch die alte Dame, die da halb verdeckt unter einer Stehlampe in einem riesigen Ohrensessel lag und sich jetzt fluchend und mit schmerzhaft verzogenem Gesicht ihre rechte Schulter rieb, entsprach keinem seiner Bilder, die er sich insgeheim gemacht hatte. Während Lili bemüht war, ihre Großmutter von der Lampe zu befreien, erkannte er, dass Marie-Luise Rebstock alles andere war als ein Kinderschreck. Sah man von den wenig salonfähigen Kraftausdrücken einmal ab, die sie nach wie vor von sich gab, hatte man eine richtige alte Dame vor sich. Schneeweißes Haar, das im Augenblick etwas unregiert und zerzaust aussah, umrahmte ein rundliches Gesicht, das von zahlreichen Fältchen durchzogen wurde und momentan durch die Anstrengung eine erhebliche Röte aufwies. Wenn ihre Augen auch jetzt gerade recht ärgerlich blickten, so sah Kolja jedoch nichts von der Verwirrtheit einer kauzigen Alten darin, als die sie in Klosternelde bekannt war. Er sah nur ein ziemlich

nettes, rundliches Muttchen, an dem, außer ein paar Zähnen vielleicht, nichts Falsches zu sein schien. Bevor sie ihren Blick jedoch auf Kolja richtete, drapierte sie in dem Bemühen, wenigstens äußerlich wieder an Fassung zu gewinnen, etwas atemlos ihren lila Strickschal um die Schultern.

„Hach, danke mein Schätzchen. Wenn du jetzt nicht hier wohnen würdest, hätte Klosternelde endlich wieder mal eine Schlagzeile. Alte Frau unter Stehlampe verhungert, oder so." Sie tätschelte Lilis Wange. Und zu Kolja gewandt: „Was starrst du denn so? Sollten mir inzwischen Hörner gewachsen sein, ohne dass ich es bemerkt hätte?" Sie befingerte ihre ramponierte Frisur, als hielte sie dies in der Tat für möglich.

„Nein. Äh. Ich – hmmh – ich hatte Sie mir nur etwas anders vorgestellt. Äh, irgendwie älter."

Kolja sagte das aus seiner Verlegenheit heraus, aber es stimmte auch wirklich. Sie sah tatsächlich jünger aus, als er erwartet hatte.

Die alte Dame sah kurz zu Lili hinüber. „Höflich ist er ja, der Kleine." Und wieder zu ihm gewandt: „Aber lass dich nicht durch die dicken Backen täuschen, Jungchen. Die sind vom Cortison."

Ein melancholisches Lächeln huschte über ihr Gesicht. Kolja lächelte ebenfalls. Er nahm ihr den „Kleinen" nicht übel. Er mochte sie auf Anhieb.

„Kolja Zobel ...", sinnierte sie, während sie ihn prüfend betrachtete. „Du bist der Enkel von Georg Kohlhaas, habe ich Recht?" Kolja hatte sich schon immer darüber gewundert, wie genau manche alten Leute über irgendwelche Verwandtschaftsverhältnisse Bescheid wissen. Wer wie viel Enkel hat, die da und dort leben, dieses oder jenes arbeiten und den oder die geheiratet haben.

„Stimmt. Woher wissen Sie das?", fragte Kolja pflichtschuldigst. Für einen Moment lang, als er dem Blick der Frau begegnete, glaubte er darin erhöhte Wachsamkeit zu lesen. Doch wie eben bei Lili verflog auch dieser Eindruck wie Nebel, der von einer starken Windböe weggepustet wird.

„Kolja will mir heute Nachmittag mal etwas von der Stadt zeigen und was man hier so unternehmen kann.“

„Na, das ist doch nett von ihm. Dann wünsch ich euch viel Spaß.“

„Und du bist wirklich in Ordnung?“, fragte Lili besorgt. „Was ist mit deiner Schulter? Brauchst du eine Salbe? Oder soll ich nicht vielleicht doch besser den Arzt rufen?“

„Untersteh dich! Der Quacksalber! Jedesmal, wenn der kommt und ich Schmerzen habe, hat er sowieso nichts anderes zu tun, als mir neues Gift zu verschreiben und mich zu fragen: ‚Wissen Sie, wie alt sie sind?‘ Ich weiß verdammt gut, wie alt ich bin und dass ich nicht mehr herumhüpfen kann wie ein junges Reh. Aber das muss ich mir nicht auch noch von diesem Bübchen sagen lassen. Nein, nein. Geht ihr nur. Macht euch einen schönen Tag.“

5 GESPRÄCHE IN DER CHEFETAGE

Sie schwangen sich auf ihre Räder und fuhren die Straße den Hügel hinunter. Kolja zeigte Lili die Stadt mit Kino, Eiscafé, das Schwimmbad und das Jugendhaus, zeigte ihr, wo man die besten Pommes bekam. Bei Letzterem sah er geflissentlich davon ab, hineinzugehen, da er vermutete, Tom und die anderen dort vorzufinden. Und dazu hatte er nun wirklich keine Lust. Er erzählte ihr, welche Feste in Klosternelde gefeiert wurden. Altstadt-, Schützen- und Feuerwehrfeste. Dazwischen ein paar Flohmärkte und den alljährlichen Blumenschmuckwettbewerb. Doch dann, nach zweieinhalb Stunden etwa, schlug Kolja eine schmale Straße ein, die aus der Stadt hinausführte. Am Rand eines der kleinen Berge, die das Tal säumten, stellten sie ihre Räder ab und kraxelten einen gewundenen Pfad hoch. Bald ließen sie das Tal hinter sich. Der schmale Pfad, der sich durch dichten Mischwald nach oben schlängelte, führte zu einem weiteren von Koljas Lieblingsplätzen. Hier kam er oft her, wenn er von allem die Nase voll hatte und einmal durchatmen wollte.

Als sie etwas außer Atem von dem langen Aufstieg aus dem Wald heraustraten, belohnte sie ein wundervoller Ausblick. Auf einem moosbewachsenen Schieferplateau, auf dem der Heimatverein eine kleine Grillhütte hatte errichten lassen – eine gegossene Bronzetafel erinnerte daran – stand ein nicht sehr hoher, bröckelig aussehender Turm aus verwitterten Bruchsteinen mit einer ziemlich schiefen, wenig vertrauenerweckenden

Treppe. Über dem mittelalterlichen Bauwerk thronte – mehr als deplaziert für den romantisch veranlagten Betrachter – ein giftgrünes Metalldach. Die Leute vom Heimatverein hatten auch hierfür eine Tafel installieren lassen.
Früher war Kolja gerne auf den Turm gegangen, hatte sich den scharfen Wind – je nach Jahreszeit warm oder eiskalt – um die Nase wehen lassen, in der Hoffnung, seine wirren Gedanken würden ihm aus dem Hirn geblasen. Doch seit der Verschandelung, denn als etwas anderes empfand er das giftgrüne Dach nicht – mied er den Turm. Das Dach sah nicht nur hässlich aus, sondern war zudem völlig unnütz. Der Wind wehte hier oben so heftig, dass man bei Regen auch nass wurde, wenn man direkt darunter stand. Außerdem konnten sich die Wanderer bei Regen auch ebensogut in die Holzhütte verziehen. Vor allem aber zerstörte es das Gefühl, sich an einem Ort zu befinden, an dem die Zeit stehen geblieben war und wo die persönlichen Probleme kleiner aussahen als anderswo. Unmittelbar neben dem Turm ragte eine breite Felsnase aus blau-schwarzem Schiefergestein direkt in den sonnigen Augusthimmel. Dahinter schien die begehbare Welt aufzuhören. Doch die baumbewachsenen Hügel auf der anderen Seite des Tales wirkten sehr nah. Sie hüllten sich in ein feingewobenes Tuch aus trübem, dunstigen Sonnenlicht, und es schien, als brauchte man nur einen Schritt zu tun, um auf den märchenhaft verschleierten Wipfeln herumlaufen zu können. Kolja registrierte erfreut, dass Lili nicht, wie er erwartet hatte, die krummen Steinstufen zum Turm hinaufstieg, sondern sich in Richtung Felsnase wandte und an der äußersten Spitze stehen blieb.
Er ließ sich im Schneidersitz neben ihr nieder. Eine Weile saßen sie einfach da, schauten ins Tal hinunter und sagten kein Wort.
„Ich hab dir ja gesagt, es ist nicht viel los hier“, unterbrach Kolja schließlich die Stille und sah sie abwartend an. War sie enttäuscht? Er war sich nicht sicher.

„Kommt darauf an, was man sucht. Ich finde es sehr schön bis jetzt“, antwortete Lili und fügte leise hinzu:
„Es ist ganz anders als da, wo ich herkomme.“
„Vermisst du es?“
„Klar. Ein bisschen schon.“
„Was meinst du, wirst du irgendwann wieder dorthin zurückgehen?“
Lili sah ihn nicht an und überlegte eine Weile, bevor sie antwortete.
„Ich weiß nicht. Ich glaube nicht. Jedenfalls nicht in der nächsten Zeit.“
„Na prima. Ich werde auch noch eine ganze Zeitlang hierbleiben.“
Sie lächelte.
„Du wirst irgendwann bestimmt auch das große Fernweh bekommen“, orakelte sie. „Spätestens dann, wenn du weißt, was du später mal machen willst. Oder weißt du das schon?“
„Nein, keine Ahnung. Wird sich schon zeigen. Aber du hast schon Recht. Wenn ich mit der Schule fertig bin, werde ich mich hier vom Acker machen.“
Lili hatte ein kleines Stück Schiefer abgebrochen und kritzelte damit gedankenverloren rundliche Muster auf den Felsen, auf dem sie saßen.
„Hast du denn schon irgendwelche Pläne?“, fragte Kolja.
„Noch nichts festes jedenfalls. Am liebsten würde ich was mit Musik machen.“
„Kannst du denn singen? Oder ein Instrument spielen?“
„Ich singe einfach gerne. Ob ich es kann, weiß ich nicht. Und ich spiele seit ein paar Jahren Flöte. Vor einiger Zeit habe ich auch mit Gitarre angefangen. Demnächst werde ich wieder Unterricht nehmen. Dad hat mir einen guten Lehrer in Bonn besorgt. Ja, Musik …“, sie seufzte. „Ich fände es toll, wenn ich meine eigene Musik spielen könnte und auch noch Geld dabei

verdienen würde. So wie Suzanne Vega oder Alanis Morissett. Das wäre ein Leben, das mir gefallen würde, glaube ich."
„Spielst du mir mal was vor?"
„Kommt darauf an."
„Worauf?"
„Ob ich gerade Lust dazu habe. Und du dann gerade zufällig in der Nähe bist", grinste sie.
Kolja lächelte zaghaft zurück. „Glaubst du an Zufälle?"
„Tust du es denn?"
„Ich weiß nicht." Er blickte sie an und sah, dass sie sich mit seiner Antwort nicht zufrieden geben würde. Er überlegte kurz. „Ich hab oft das Gefühl, dass alles, was passiert, nur Zufall ist. Dass da niemand ist, der irgendetwas plant und den Überblick über alles hat. Ja, ich denke schon, dass alles nur Zufall ist. Vielleicht sind wir ja selber nur ein Zufallsprodukt. Ein Irrtum der Natur." Er dachte über seine Worte nach, wollte noch etwas hinzufügen, doch sie war schneller.
„Sagt dir vielleicht zufällig der Name John Cage etwas?"
Kolja verneinte.
„Ich kenne ihn auch nur wegen der Musik. Er war Komponist. Er komponierte seine Stücke, indem er Münzen warf. Er behauptete, das ganze Universum sei in Wahrheit vom totalen Zufall beherrscht. Man müsse sich damit abfinden und sein Leben danach ausrichten. Er arbeitete in Stony Point, einem kleinen Ort, vierzig Meilen von New York. Dort gab es viele Wälder ringsherum, und er machte oft lange, einsame Spaziergänge. Irgendwann fiel ihm auf, wie viele Pilze dort wuchsen. Die standen da in allen möglichen Farben, Größen und Sorten. Große, kleine, dicke und dünne. Das faszinierte ihn so, dass er anfing, Pilzbücher zu sammeln und alles über sie lernte, was es zu wissen gab. Magst du Pilze?"
„Geht so. Kommt darauf an, welche es sind. Selber sammeln wär' mir aber zu riskant."

Zuerst Schmetterlinge, jetzt Pilze, dachte er. Was kommt wohl als Nächstes?
„Genau. Könnte ja ein giftiger dabei sein. Das dachte Cage auch. Deshalb legte er sich eine Riesensammlung Pilzbücher an, denn schließlich wollte er bei der Identifizierung von Pilzen keinen Irrtum begehen. Und irgendwann überlegte er sich, dass er wohl sehr bald ein toter Mann wäre, wenn er nach seiner Zufallsmethode Pilze sammeln würde. Er entschied sich also, beim Sammeln nicht nach dieser Methode zu verfahren. Also – wenn er seine eigene Theorie noch nicht einmal auf so etwas wie Pilzesammeln anwenden kann, dann … ich würde sagen, dann hat er damit doch zugegeben, dass seine Theorie einen kleinen tödlichen Haken hat, oder?"
Kolja blickte sie fasziniert an. Es war weniger das, was sie gesagt hatte, was ihm so gefiel. Smalltalk gehörte nicht zu ihren Stärken, das war klar. Sie war eine erholsame Abwechslung von den ständigen Blödeleien mit seinen Freunden und den schweigsamen Stunden vor seiner Staffelei. Es war mehr die Art, wie sie sich in Hitze redete, wenn sie etwas erklären wollte. Ihm. Sich selbst.
Er räusperte sich. „Sag mal, was hältst du davon, wenn wir uns öfter sehen? Ich meine – ich will mich ja nicht aufdrängen, und ich hab ja auch nicht immer Zeit – aber – was hältst du davon?"
Lili lächelte ihn an.
„Ich würde mich freuen."
Kolja konnte nicht verhindern, dass sich ein breites, zufriedenes Grinsen in sein Gesicht stahl.

Als Lili an diesem Abend in der Villa Rebstock ankam, saß ihr Vater in seinem Arbeitszimmer am Schreibtisch. Er bemerkte sie zuerst nicht. Er hatte einen Stift in der Hand, mit dem er gedankenverloren seine Locken zwirbelte und schien mit seinen Gedanken weit weg zu sein. Mit einem Mal erwachte er jedoch aus seiner trägen Haltung, ergriff ein Blatt Papier auf seinem Tisch, zerfetzte es fluchend und warf es zerknüllt zum Fenster hinaus.

„Hey, was hat dich denn gebissen?"

Er drehte sich um, als er die Stimme seiner Tochter hörte. Der zornige Ausdruck auf seinem Gesicht verschwand. Trotzdem gelang es ihm nicht sofort, eine freundliche Miene aufzusetzen.

„Ach – du bist's. Wie war's in der Schule?"

„Ganz okay. Was ist los? Warum bist du so sauer?" Lili setzte sich mit Schwung auf den Schreibtisch und sah ihren Vater forschend an. Er lächelte gequält, drehte den Stift kurz zwischen seinen Fingern und warf ihn dann auf den Tisch. Stattdessen ergriff er die Tüte Chips, die neben Lili auf dem Tisch lag, und hielt sie ihr unter die Nase.

„Probier mal."

„Nein danke. Was soll das? Willst du mir nicht endlich sagen, was du hast?"

„Nun probier schon."

Lili verdrehte gottergeben die Augen himmelwärts, wühlte in der Tüte und steckte sich einen Chip in den Mund. Sie verzog ihr Gesicht.

„Schmeckt wie frittierte Pappe. Pfui Teufel. Wer hat dir denn die angedreht?"

„Mein Chef. Ich soll sie zwar nicht essen, nur malen. Aber so, dass man die 250 Gramm Mega-Crunch dabei sieht. Wenn die Leute das Bild sehen, sollen sie regelrecht hören, wie es cruncht."

„Ach, du Scheiße. Du Ärmster. Der Job ist wohl doch nicht so das Wahre, oder?"

„Ich könnte mir was Besseres vorstellen. Aber es ist wohl nirgendwo alles so, wie man es sich gerade wünscht. Vielleicht stecke ich ja auch nur in einer schöpferischen Krise. Das geht wieder vorbei."

„Wenn ich so was machen müsste, würde ich auch die Krise kriegen“, stellte Lili trocken fest. „Vielleicht solltest du dich doch lieber nach was anderem umsehen?“, fragte sie vorsichtig.
„Ich hab doch gerade erst angefangen.“
„Na und? Wenn du doch merkst, dass es nicht das Richtige ist …“
„Lass uns jetzt nicht darüber sprechen, okay?“, unterbrach Jack sie. „Ich werd schon sehen, wie es weiterläuft.“
„Wie du meinst.“ Lili ließ ihre Beine baumeln.
„Hast du eigentlich noch mal was von George gehört?“, fragte sie dann.
Ihr Vater schnippte einen Papierschnipsel vom Tisch. „Er hat mich letzte Nacht angerufen.“
Sie hörte auf, mit den Beinen zu baumeln.
„Letzte Nacht? Und – was hat er gesagt? Ist was passiert?“, fragte sie aufgeregt.
„Nein. Alles okay. Nichts ist passiert. Jedenfalls nichts, weshalb wir uns Sorgen machen müssten.“
„Was soll das heißen? Was hat er gesagt?“
„Er versucht sich gerade an einer alten, aber wirksamen Masche. Er hat sich mit einer Sekretärin der Chefetage angefreundet. Er hofft, über sie an Unterlagen zu kommen, die unseren Verdacht bestätigen. Wir haben nichts in der Hand. Ohne Beweise können wir überhaupt nichts machen.“
„Ist aber ganz schön riskant, oder? Und außerdem finde ich es nicht besonders nett, dass er sie nur ausnutzt.“
„Das, was die *‚Färber‘* tun, ist auch nicht besonders nett, oder? Und ohne Risiko geht es nun mal nicht.“
Lili runzelte die Stirn. „Nein. Da hast du wohl Recht.“ Plötzlich musste sie lächeln.
„Was ist?“, fragte Jack.
„Ich denke gerade, wie harmlos das im Deutschen klingt: *‚Fär-*

ber' … da stellt man sich irgendwelche Handwerkstypen vor, die mit hochgekrempelten Ärmeln und langen Stangen Stoffbahnen durch eine Farbbrühe ziehen."

„Ja. In unserer Sprache hört sich der Club schon anders an. D.Y.E. Aber in gewisser Weise passt Färber ganz gut. Nur dass es ein ziemlich schmutziges Handwerk ist, was sie betreiben."

„Und dass es dabei nicht um das Einfärben von Stoffen geht", versetzte Lili. Sie sahen sich an.

„Was habt ihr beiden denn da zu tuscheln? Gibt es was Neues?"

Marie-Luise Rebstock stand auf einen Stock gestützt im Türrahmen und sah ihren Schwiegersohn und ihre Enkelin fragend an.

„George hat mich letzte Nacht angerufen."

„Und? Hat er bisher was erreicht?"

Jack Strawberry schüttelte den Kopf. „Er arbeitet noch daran."

„Na, dann will ich mal hoffen, dass dein Freund gut auf sich aufpasst. Die Brüder scheinen mir nicht ungefährlich zu sein. Wenn das stimmt, was ihr mir erzählt habt, werden sie wohl kaum ruhig zusehen, wenn ihnen einer in die Karten schaut."

Jack tauschte einen kurzen Blick mit seiner Tochter.

„Darauf kannst du wetten."

Zur gleichen Zeit fand in einem kleinen Büro auf der anderen Seite des Ozeans eine wichtige Unterredung statt. Das Gebäude der *Poul Sandman Company* lag eingebettet inmitten einer trostlosen hügeligen Steppenlandschaft, in die nur ein paar windzerzauste Sträucher und künstlich bewässerter Rasen rings um den Komplex spärliche grüne Tupfer zauberten.

Die Niederlassung war nur eine von Hunderten. Die *Company* unterhielt ähnliche Kreativ-Studios in zahlreichen Staaten der Erde, in denen ein Heer von Zeichnern nach klaren Anweisungen Comics fabrizierte. Seit ihrer Gründung 1936 durch den

inzwischen verstorbenen Poul Sandman hatte sie sich zu einem riesigen Imperium gemausert. Ihre Schöpfungen hatten durch immer intensivere Werbung weltweit Kult-Status erreicht und eroberten ein Kinderzimmer nach dem anderen.
Lange bevor wieder ein Kinofilm aus den Sandman-Studios die Leinwände eroberte, lief eine breitgefächerte Kampagne, die kleinen und großen Zuschauern den Mund wässrig machen sollte. Es gab kaum einen Familienhaushalt in der zivilisierten Welt, in dem nicht auf wenigsten zwei oder drei T-Shirts, Zahnbürsten, Schultaschen oder ähnlichen Gegenständen des täglichen Lebens eine der witzigen Figuren zu finden war, die das Unternehmen berühmt gemacht hatten.
In Kalifornien war es gerade kurz vor Mittag. Die Sonne verwandelte den gewaltigen Block aus Glas und Beton in einen Brutkasten. Unten im Erdgeschoss, in der riesigen, fabrikähnlichen Halle, wo knapp achtzig Angestellte an Zeichenbrettern und Computern Comicfiguren Leben einhauchten, funktionierte die Klimaanlage noch. In der vierten Etage hatte sie ihren Dienst quittiert, das dritte Mal in dieser Woche.
Das Gespräch fand hinter verschlossener Türe statt. Es nahmen nur ausgesuchte Vertrauenspersonen, an deren Integrität, die Organisation betreffend, kein Zweifel bestand, an der Besprechung teil.
Die drei Männer hatten ihre Jacketts ausgezogen. Zwei saßen sich an einem zierlichen Designertisch gegenüber. Der eine davon war genau von der Sorte, die man in den Kirchenvorstand wählen würde. Graumeliertes, zurückgekämmtes Haar, ein kleines Bäuchlein und braune, klare Augen, die mit väterlicher Sanftmut auf dem dicken Mann mit Halbglatze ruhten, der ihm gegenübersaß. Der Dritte, ein langer dürrer Kerl mit vollem, fast weißblonden Haar stand am Fenster, kaute lethargisch auf einem Kaugummi herum und sah aus, als ginge ihn die ganze Sache nichts an. Er litt scheinbar an einer nervösen

Störung, da sein linkes Auge beständig unkontrollierbar zuckte. Interessiert beobachtete er einen Schmetterling, der bei seinen vergeblichen Versuchen, nach draußen zu gelangen, wieder und wieder gegen die Scheibe flog.
„Schon irgendwelche Hinweise auf Strawberry?“ Die Frage des Graumelierten veranlasste den Dicken, sich ungeschickt den obersten Hemdknopf zu öffnen. Er brauchte drei Versuche, bis es ihm gelang.
„Nichts bisher. Es ist wie vom Erdboden verschluckt.“
„Freunde?“
„Er war mal mit George Stillwell befreundet, aber nach dem Riesenkrach, den die beiden sich hier geliefert haben ... Wir haben Stillwell vorsichtig befragt, ob er noch mal was von ihm gehört hat. Fehlanzeige. Er sagte, er hoffe, dass der Kerl ihm nicht mehr über den Weg laufen würde.“
„Verwandte?“
„Soweit wir feststellen konnten, hat Strawberry außer seiner Tochter keine lebenden Verwandten mehr. Nur von Seiten seiner verstorbenen Frau gibt es noch jemanden. Deren Mutter. Sie lebt – wenn sie überhaupt noch lebt – in Deutschland.“
„Wo genau?“ Der Dicke fing an zu schwitzen.
„Klosterdorf ..., Klosterberg oder so ähnlich heißt das Kaff.“
Ein kaum wahrnehmbares Interesse huschte als kleines Lichtpünktchen durch die Augen des Graumelierten.
„War es vielleicht Klosternelde?“
Freudiges Erkennen spiegelte sich auf dem Gesicht des Dicken.
„Ja. Genauso war der Name“, bestätigte er froh.
Das Lächeln, was sich daraufhin im Gesicht des Grauhaarigen ausbreitete, war klein und humorlos. Wenn überhaupt ein Gefühl daraus zu lesen war, dann war es vielleicht so etwas wie Zufriedenheit.
„Rupert?“ Der Dünne reagierte nicht sofort. Er stand immer noch mit dem Rücken zu den beiden anderen Männern. Mit

schneller Hand fing er den Schmetterling ein und zerdrückte ihn. Dann erst wandte er sich um und lehnte sich leger gegen den Fensterrahmen.
„Haben wir nicht einen unserer Leute dort?"
„Haben wir", sagte Rupert.
Jetzt war die Zufriedenheit unübersehbar. „Ich würde sagen, du setzt dich einmal mit unserem Mann dort in Verbindung. Ich will einfach wissen, wo er ist. Ich habe ein schlechtes Gefühl. Es macht mich unruhig, dass Strawberry nach dieser Sache einfach so von der Bildfläche verschwunden ist. Wenn er etwas von unseren Unternehmungen ahnt, könnte er zu einem ernsten Problem werden. Aber okay. Wir werden ihn schon finden."
„Da wäre noch eine Sache, Sir." Die Augen des Älteren blickten eine Nuance weniger sanftmütig.
Dem Dicken war es sichtlich unangenehm. „Ich weiß nicht, ob es Ihnen aufgefallen ist, Sir …"
„Was?"
„Dieser Stillwell …"
„Was ist mit ihm? Nun reden Sie schon, Mensch."
„Er ist in letzter Zeit sehr häufig mit Ihrer Sekretärin gesehen worden. Da scheint sich etwas anzubahnen."
Der andere runzelte die Stirn. Sarah war seine Schreibkraft, engste Vertraute und rechte Hand in der Company. Außerdem war sie seine Geliebte. Wenn auch nur in unregelmäßigen Abständen. Er betrachtete sie als schöne Abwechslung von seiner Frau, als Trostpflaster in stressigen Zeiten, als sein Eigentum. Er glaubte zwar nicht, dass sie gegenüber Stillwell irgendetwas ausplauderte, doch wenn er merkte, dass sich etwas oder jemand seiner Kontrolle entzog oder dass ihm jemand etwas wegnehmen wollte, wurde er ärgerlich. Da verstand er keinen Spaß.
„Überprüft das."

6 EINWEISUNG FÜR JUNGE KÜNSTLER

Am nächsten Tag sahen sich Kolja und Lili nur kurz. In der Pause und nach dem Unterricht.
„Was machst du heute?“, fragte Lili, als sie gemeinsam in Richtung Innenstadt schlenderten.
„Leider kann ich heute nicht. Ich muss zu so einem Kurs.“
„Was für ein Kurs?“, bohrte sie.
„Nachhilfe“, sagte Kolja knapp. Er wollte noch nicht mit ihr über seine Malerei reden. Jedenfalls nicht jetzt und hier.
„Ah ...“ Lili merkte, dass er nicht weiter darüber sprechen wollte und sagte nichts mehr. Er fühlte sich mies, weil er sie anlog. Aber jetzt war es zu spät. Außerdem war es ja auch eine Art Nachhilfe. Er würde es ihr später erklären. Heute Nachmittag würde er erst einmal sehen, was es mit diesem Kurs *„Selbstfindung durch Malerei“* auf sich hatte.
Wieder zu Hause in seinem Zimmer packte Kolja ein paar Sachen, die er möglicherweise brauchen würde, in seinen Rucksack. Er entschied sich für einen mittelgroßen Skizzenblock, sammelte die Bleistifte verschiedener Stärken ein, die verstreut auf seinem Schreibtisch lagen, packte sie zusammen mit ein paar Radiergummis in ein Mäppchen und steckte schließlich noch ein Paket Pastellkreide in seinen Rucksack. Die Öl- und Temperafarben ließ er zu Hause. Er nahm an, dass sie heute, in der ersten Stunde, erst einmal grundlegende Übungen machen würden. Dafür würde sein Sortiment ausreichen. Mit dem Rucksack in der Hand hielt er einen Augenblick inne. Sollte er

noch ein paar von seinen Arbeiten mitnehmen? Vielleicht wollte der Kursleiter ja sehen, wie weit die einzelnen Schüler schon gekommen waren? Er kniete sich vor sein Bett, zog einen riesigen alten braunen Pappkoffer hervor und ließ die rostigen Metallschlösser hochschnappen. Der Koffer war randvoll mit Zeichnungen, einigen Aquarellen und zahlreichen Temperabildern, die er in den letzten Jahren angefertigt hatte. Vorsichtig breitete er ein paar von ihnen vor sich auf dem Teppich aus. Da waren die ersten unbeholfenen und fehlerhaften Skizzen von menschlichen Gesichtern, Händen und Körpern. Daneben lagen Perspektive-Übungen, ein paar Stillleben und Karikaturen. Und darüber lagen die Bilder, die er in den letzten zwei Jahren gemacht hatte. Auch jemand, der keine Ahnung von Malerei hatte, konnte die enormen Fortschritte erkennen, die er von Bild zu Bild gemacht hatte.

Kolja kauerte unentschlossen vor den Ergebnissen seiner jahrelangen Übungen. Dann wühlte er noch einmal in dem riesigen Koffer und zog einige Blätter hervor, die zu seinen ersten Arbeiten gehörten. Er hatte sie als kleiner Junge von vielleicht sechs oder sieben Jahren angefertigt. Er lächelte, als er sie durch seine Finger gleiten ließ. Er konnte sich noch gut daran erinnern, wie sehr er sich damals geärgert hatte, als er merkte, dass die Bilder, die er in seinem Kopf sah, nicht identisch waren mit dem, was er aufs Papier zu bringen versucht hatte. Es fehlte eben die notwendige Übung, die sichere Hand und das handwerkliche Können. Aber das hatte er mit der Zeit ganz gut in den Griff bekommen.

Jetzt konnte er wirklich die Bilder malen, die er sah. Am meisten interessierten ihn menschliche Gesichter. Vor allem dann, wenn sie sich in besonderen Situationen veränderten, wenn sich Wut, Angst, Zorn oder Trauer in ihnen spiegelten.

Was ihn interessierte, immer schon fasziniert hatte, war der Augenblick. Kurze Momente einzufangen, Situationen, in denen er eine besondere Stimmung oder Atmosphäre spürte, die ihn beeindruckt hatte. Er hatte einmal seinen Vater gemalt, wie er mit ihm im Aufzug in den vierten Stock eines Krankenhauses gefahren war. Birgit hatte gerade das Baby bekommen und musste noch ein paar Tage dableiben. Sie waren mit fünf anderen Personen eingepfercht in diesem engen Kasten. Plötzlich schien sein Vater es nicht mehr ertragen zu können. Schweiß trat ihm auf die Stirn, er atmete gepresst und blickte gebannt auf die Leuchtziffern, die anzeigten, welches Stockwerk der Aufzug erreicht hatte. Es war nur ein ganz kurzer Eindruck gewesen, aber Kolja hatte die Panik im Gesicht seines Vaters gesehen und seine Angst gespürt. Das Bild, was daraus entstanden war, hatte Kolja selbst ein bisschen erschreckt. Als er es seinem Vater zeigte, war dieser völlig perplex.

„Du hast einen verdammt guten Blick, mein Junge. Genauso, wie du es gemalt hast, habe ich mich in diesem Moment gefühlt. Auch wenn es mir schwerfällt, das zuzugeben."

Selten hatte sich Kolja über ein Lob so gefreut, wie über dieses. Es hatte ihm das Gefühl gegeben, sein Vater wäre stolz auf ihn. Kurzentschlossen packte er sämtliche Bilder wieder in den Koffer und schob ihn unter sein Bett zurück. Bevor er etwas von sich preisgab, wollte er erst mal sehen, was ihn im Kloster erwartete.

Der breite asphaltierte Weg schlängelte sich gemächlich in großzügigen Windungen den Berg hinauf, auf dem das Kloster zwischen zwei Steilhängen, auf dem an alten Rebstöcken spärliche Weintrauben reiften, wie eine Trutzburg thronte. Mit den schmalen, teilweise vergitterten Fenstern und der dicken, hier und da mit Gestrüpp bewachsenen Mauer, die das gesamte Areal umgab, glich es eher einer Festung als einem ehemaligen Gotteshaus. Am Rand des Weges, den Kolja jetzt sein Fahrrad hinaufschob, standen in jeweils zweihundert Metern Entfer-

nung große, in hellen Stein gehauene Bildstöcke, die den Kreuzweg Jesu darstellten. Sie waren uralt und die Reliefs hier und da von Wind und Regen schon so verwittert, dass die gemeißelten Gesichtszüge der Figuren wie verwischt aussahen. An jeder Station – es waren insgesamt zwölf an der Zahl – lag ein kleiner, frischgepflückter Strauß Wiesenblumen. Nur an der letzten lag er zermatscht daneben, als hätte jemand ein paarmal mit Absicht darauf getreten.
Als Kolja durch den großen Torbogen in den riesigen, mit spekkig glänzendem Kopfsteinpflaster ausgelegten Innenhof trat und zu den Fenstern hochsah, die wie tote Augen aus dem hohen Gemäuer starrten, kam er sich wie ein unerwünschter Eindringling vor. Er war lange nicht mehr hier gewesen. Zuletzt mit seinen Eltern, die mit ein paar Freunden einen Sonntagsausflug zu dem damals sehr heruntergekommenen Gemäuer unternommen und dort ein Picknick veranstaltet hatten. Da musste er so ungefähr neun gewesen sein, beträchtlich jünger als jetzt also. Trotzdem glaubte er sich zu erinnern, dass er damals in keiner Weise dieses unangenehme Gefühl gehabt hatte, das ihn jetzt beschlich. Auch wenn das Kloster nun, nach seiner Renovierung sicherlich einladender aussah als vor sechs Jahren.
Kein Mensch war zu sehen. Doch die gewaltigen Türflügel des großen, eisenbeschlagenen Portals standen offen. Leises Stimmengewirr drang zu ihm. Zögernd stieg Kolja die abgetretenen Stufen zum Eingang hinauf und ging hindurch. Er sah in einen langen rot-weiß gefliesten Korridor mit meterhohen, weißverputzten Wänden, die in einem langgestreckten Tunnelgewölbe mündeten. An der gewölbten Decke waren in Abständen von etwa fünf Metern kleine Halogenlampen befestigt, deren Licht von schweren, lackierten Türen reflektiert wurde, die an beiden Seiten den Gang säumten. Am Ende des Korridors, an der Stelle, wo der Gang sich mit einem anderen kreuzte, standen elf Jungen und Mädchen und unterhielten sich.

Hatte er einen Augenschaden, oder stand da wirklich Tom? Er hatte eine knallrote Zeichenmappe zwischen seine Beine geklemmt, seine Hände in die Taschen der viel zu engen Jeans gequetscht und blickte nervös um sich. Zwei Dinge schossen Kolja fast gleichzeitig durch den Kopf. Das eine: Oh nein! Der hat mir hier noch gefehlt. Das andere: Was sucht der überhaupt hier? Der und Malen? Kolja war mehr als überrascht. Er konnte sich den oft rauhen, unsensiblen Tom mit seiner großen Klappe, als den er ihn kannte, beim besten Willen nicht vor einer Staffelei vorstellen. Zwei der anderen Jungen und Mädchen kannte Kolja vom Sehen, die anderen waren ihm fremd. Zögernd ging er näher. Als Tom ihn bemerkte, starrte er ihn mit einer Mischung von Überraschung und Ärger darüber, seinen neuerklärten Feind ausgerechnet hier zu treffen, an.
„Was suchst du denn hier?“, zischte er ihn wütend an.
„Das gleiche könnte ich dich fragen“, zischte Kolja zurück. Er fühlte die Blicke der anderen auf sich, denen der unfreundliche Ton nicht entgangen war, und sagte knapp: „Hallo. Wie geht's?“ Hier und da kam ein „Hallo“ zurück.
„Wo ist denn nun dieser Kurs? Ist hier denn keiner, der uns sagt, wo's langgeht, oder was?“, fragte einer nach einigen Augenblicken des Schweigens, in denen Tom Kolja mit zornigen Blicken attackierte, Kolja dies ignorierte und die anderen unruhig ihr Gewicht von einem Fuß auf den anderen verlagerten. Als wäre dies das Stichwort gewesen, öffnete sich hinter ihnen eine der Türen und zwei Männer traten heraus. Der größere von beiden war von Oyen. Kolja hatte sein Bild schon einmal in der Zeitung gesehen. Aber das Foto hatte nicht die beeindruckende Erscheinung des Mannes wiedergeben können, die Kolja jetzt wahrnahm. Er war recht groß, fast zwei Meter, sehr hager, ganz in Schwarz gekleidet – Jeans, T-Shirt, Jackett und Schnürschuhe, alles schwarz. Seine dunkelbraunen Haare waren sehr kurz geschnitten. Kolja fiel auf, dass er sehr lange,

festgewachsene Ohrläppchen hatte. Über seinem breiten Mund, der nun besonders breit schien, weil er lächelte, ragte eine spitze, sehr gerade Nase. Über die rechte und linke Wange verliefen fast symmetrisch zwei lange Narben, die man auf den ersten Blick für Falten hätte halten können, wenn sie sich nicht durch ihre helle Farbe von der Gesichtshaut abgehoben hätten. Obwohl eine getönte Brille seine Augen abdunkelte, war Kolja sich deren Wachsamkeit dahinter sehr bewusst. Kolja hatte gelesen, dass von Oyen achtunddreißig Jahre alt war. Er hätte ebensogut zehn Jahre jünger oder älter sein können. Sein Alter war schwer zu schätzen.
Der andere Mann, der direkt hinter von Oyen durch die Türe trat, war nicht weniger bemerkenswert. Eher mehr. Er war von gedrungener Statur. Sein leichter Bauchansatz sowie die Andeutung eines Doppelkinns unter einem stark gestutzen roten Bart zeugten davon, dass er zu leidenschaftlicher Maßlosigkeit neigte. Er trug Jeans und einen schwarzen Blazer, unter dem ein grellbuntes T-Shirt mit einer barbusigen Nonne prangte. Die wenigen, rostroten Haare, die er noch besaß, hatte er wachsen lassen und zu einem strohigen Pferdeschwanz zusammengebunden. Sein fast quadratisches Gesicht wurde von zwei klugen, eiswasserblauen Augen beherrscht, die im Augenblick sehr freundlich blickten. Kolja schätzte ihn auf Anfang vierzig.
Unwillkürlich drängte sich ihm der Vergleich mit Barbarossa auf, dem rotbärtigen, mittelalterlichen Kaiser. Wenn auch die unkonventionelle Aufmachung dieses Mannes einen solchen Vergleich kaum zugelassen hätte, so ließ seine Ausstrahlung jedoch keinen Zweifel daran, dass man es hier mit jemandem zu tun hatte, der es gewohnt war, mit schwierigen Situationen fertig zu werden. Ebenso schien er gewohnt zu sein, dass niemand seine Autorität in Frage stellte. Jemand, der aufgrund seines Äußeren annahm, er habe es hier nur mit einem abgedrehten Aussteiger zu tun, den man nicht für voll zu nehmen

braucht, würde bald ein böses Erwachen erleben. Dessen war sich Kolja sicher. Der Ausdruck in den hellen Augen, die nun langsam-forschend über die Gesichter der Kursteilnehmer glitten, ließ ahnen, dass dieser Mann einen äußerst wachen Geist besaß und ihm so schnell nichts, was von Wichtigkeit war, entging. Die äußere Erscheinung dieses Mannes war sicherlich nicht dazu angetan, jemandem wie Koljas oder Toms Eltern Vertrauen einzuflößen. Kolja war sich sogar sicher, dass sein Vater, hätte er diesen Typ im Bekanntenkreis seines Sohnes ausgemacht, nicht lange gezögert und ihm den Umgang mit diesem „alternden Hippie“ verboten hätte. Dafür machte er aber auf die Jungen und Mädchen, die ihn schweigend betrachteten, einen umso größeren Eindruck.

„So. Ihr seid also die ersten, die hier in meinem Kloster etwas lernen wollt. Seid herzlich willkommen“, ergriff von Oyen das Wort. Er verzichtete darauf, jedem die Hand zu reichen, sondern begnügte sich mit einer einladenden Geste. „Ich freue mich sehr, dass die Seminare endlich anfangen, und ich glaube, ihr werdet es nicht bereuen, hierher gekommen zu sein. Ich habe keine Kosten und Mühen gescheut, die besten Lehrer zu engagieren, die euch auf eurem Weg in die Kunst begleiten werden.“

Er wandte sich an den Rothaarigen.

„Ich darf euch Adrian Kovac vorstellen. Der eine oder andere wird vielleicht schon von ihm gehört haben, wenn er sich etwas in der internationalen Kunstszene auskennt. Herr Kovac ist ein großer, vielbeachteter Maler und Bildhauer, der in New York, Sydney und Tokio ebenso bekannt ist wie in Wien, Paris oder Berlin. Ich denke, ihr werdet bei ihm in den allerbesten Händen sein.“

Die beiden Herren tauschten ein vertrauliches Lächeln.

„Ich selbst werde mich im Hintergrund halten, mich jedoch ab und zu von euren Fortschritten überzeugen. Herr Kovac wird

euch nun ins Atelier führen, in dem euer Kurs stattfindet. Es befindet sich am Ende des Seitentraktes. Ihr habt daraus einen wundervollen Blick auf den Klostergarten. So lange es warm ist, werdet ihr auch einige Stunden dort unterrichtet. Der Garten und das Atelier stehen euch also zur Verfügung. Damit ist meine Begrüßungsrede auch schon beendet. Ich wünsche euch viel Spaß. Ach halt – da ist noch eine Kleinigkeit. Ich möchte euch bitten, meinen Privaträumen fern zu bleiben. Das Hauptgebäude ist leider für euch tabu. Wie jeder Mensch, möchte auch ich einen Bereich haben, in dem ich meine Ruhe habe, wenn ich auch mein Haus zum Teil der Öffentlichkeit zugänglich gemacht habe. Nutzt das bitte nicht aus. Denkt daran, eure Eltern haben viel Geld bezahlt, um euch diesen Kurs zu ermöglichen. Ihr wollt sie doch sicher nicht enttäuschen."
Er ließ kurz seine bebrillten Augen über die Jungen und Mädchen gleiten.
„Also – das wär's. Ich übergebe euch nun der Obhut eures Lehrers. Viel Glück." Damit drehte er sich um und verschwand über eine schmale Steintreppe in ein höher gelegenes Stockwerk.
„Na, dann – auf geht's." Das Grüppchen folgte dem Lehrer – er hatte eine sehr schnelle Gangart – schweigend durch das rembrandtsche Halbdunkel der Gänge, bis sie in einen weiteren lichtdurchfluteten Gang mit hohen spitzbogigen Fenstern traten, an dessen Ende sich eine breite weißgestrichene Flügeltür befand. Kovac öffnete sie und ließ seine Gruppe an sich vorbei eintreten.

Das Atelier war ein sehr großer rechteckiger Raum, in dem man ein ganzes Ballett-Ensemble hätte unterbringen können. Hohe Fenster an zwei Seiten und ein großes an der hohen Decke ließen helles Tageslicht herein. Der Boden war mit Bruchsteinfliesen ausgelegt. Links, an der kurzen fensterlosen Seite des Raumes, wo eine weitere kleinere Tür eingelassen war, befand sich ein Pult, dahinter eine große Schultafel und daneben eine Stereoanlage. Davor standen in U-Form einige Schreibpulte mit Stühlen. Über den gesamten Rest des Ateliers waren in großem Abstand vierzehn Staffeleien verteilt. Es hingen keine Bilder an den weißgestrichenen Wänden und keine Pflanzen waren zu sehen. Bei der Einrichtung des Raumes hatte man sorgfältig darauf geachtet, dass nichts von der kreativen Arbeit, die hier stattfinden sollte, ablenken würde.

Die Zwölf gingen hinein, blieben dann etwas unentschlossen stehen und sahen sich nach Kovac um. Dieser ging ohne Umschweife zum Lehrerpult.

„Seht euch ruhig um. Ich finde diesen Raum einfach wunderschön. Ich hoffe, er gefällt euch genauso gut wie mir. Wir werden hier wunderbar zusammen arbeiten können. Zu Beginn würde ich euch allerdings gerne noch so zwei, drei Sachen sagen. Würdet ihr bitte Platz nehmen?"

Er machte eine einladende Geste zu den Schreibpulten hin. Während Kolja sich seinen Platz suchte, bemerkte er, dass Tom geflissentlich darauf achtete, so weit wie möglich von ihm entfernt zu sitzen. Keine Angst, Blödmann. Ich komme dir schon nicht zu nahe. Ist mir sehr recht, dachte er wütend. Er sah, wie Tom in seiner Tasche herumkramte, Block und Stift heraussuchte und sie vor sich auf den Tisch legte. Als er jedoch merkte, dass er der einzige war, der sich etwas zum Schreiben genommen hatte, schob er die Sachen an den äußersten Rand seines Tisches.

Kovac hatte sich mittlerweile gegen sein Pult gelehnt und sah ruhig von einem zum anderen. Schließlich ergriff er das Wort.

„Auch wenn Herr von Oyen es schon getan hat, so möchte ich euch selbst noch einmal willkommen heißen. Ich freue mich wirklich darauf, mit euch zusammenzuarbeiten. Es ist für mich immer wieder ein Erlebnis, mich mit jungen Künstlern auseinanderzusetzen."

Junge Künstler, dachte Kolja. Er hat junge Künstler gesagt. Damit hat er auch mich gemeint. Noch nie hat mich jemand ernsthaft so genannt. Es tat irgendwie gut, so angesprochen zu werden. Ja, er war ein Künstler. Und endlich war er unter Gleichgesinnten und wurde als solcher anerkannt. Vielleicht mit Ausnahme von Tom. Aber der war jetzt Nebensache.

„Wie ihr von Herrn von Oyen schon gehört habt, bin ich Künstler und somit autorisiert, euch etwas über Kunst zu erzählen, wenn auch nur über einige ihrer unzähligen Facetten. Ich will aber weniger erzählen, sondern in erster Linie mit euch arbeiten. Ich kann euch anleiten, aber was ihr daraus macht, ist eure Sache. Bevor wir aber richtig loslegen, möchte ich noch so zwei, drei Dinge vorausschicken, damit keine Missverständnisse auftreten."

Nochmals ließ er seine wasserhellen Augen über die Jungen und Mädchen wandern und fuhr dann fort:

„Um es gleich vorwegzunehmen: Dies hier ist kein Malkurs im üblichen Sinne. Natürlich werden wir auch etwas über Perspektive, Körperproportionen, Einsatz von Licht und Schatten und diese Dinge lernen. Aber das ist nicht unser Schwerpunkt."

Er schwieg eine Weile, um seine Worte wirken zu lassen.

„Ich kenne euch nicht und weiß nicht, wie weit ihr mit euren Malkünsten gekommen seid. Aber es spielt auch hier keine Rolle, ob ihr Anfänger, Amateur oder schon halber Profi seid. Mit eurer Malerei – wie weit ihr auch immer gekommen sein mögt – habt ihr euch dafür entschieden, das Leben einmal anders zu verarbeiten als auf die althergebrachte Art, nämlich sich von ihm auffressen zu lassen. Und das ist schon Voraussetzung genug.

Das, was wir hier erreichen wollen, ist, dass ihr das Beste aus euch herausholen sollt. Und dafür hole ich euch da ab, wo ihr gerade steht. Es gibt hier keinen Wettbewerb. Wer hierher gekommen ist, um besser als andere zu sein, um andere zu über-

trumpfen und Lob einzuheimsen, wird enttäuscht sein. Am besten packt er gleich seine Sachen."
Wieder hielt er inne, um prüfend jeden einzelnen anzusehen. Niemand rührte sich.
„Unser erster Schritt wird sein, dass ihr ein Bild von euch selbst malen werdet. Dabei wird kein Wert auf handwerkliches Geschick gelegt, auch wenn manche von euch schon einige Erfahrung in diesem Bereich haben werden – der eine mehr, der andere weniger. Es ist egal, womit ihr malt. Ihr könnt Buntstifte, Öl, Kreide, Kohle, Bleistift oder Tempera verwenden. Euer Porträt muss euch noch nicht einmal ähnlich sehen. Es kann sogar nur ein Strichmännchen sein. Aber was auf dem Bild zu erkennen sein muss, ist eure Persönlichkeit.
Ihr fragt euch jetzt bestimmt, wie das gehen soll, wenn es euch nicht ähnelt. Es ist ganz einfach. Ihr werdet all das in das Bild hineinpacken, was eure Persönlichkeit eurer Meinung nach ausmacht. Mit anderen Worten: Was euch zu dem gemacht hat, was ihr seid. Das können alle möglichen Dinge sein, die ihr der Gestalt hinzufügen könnt. Eure Vorlieben, eure Träume, das, was ihr hasst und wovor ihr Angst habt und etwas, wofür ihr euch heimlich schämt. Vor allem eines muss da sein: Eure Fehler und Schwächen, die ihr habt oder zu haben glaubt. Denn jeder Mensch hat Fehler, an denen er arbeiten muss. Und man kann nur an ihnen arbeiten, wenn man sie erkennt. Das Bild soll euch dabei helfen, eure Schwächen zu erkennen. Während ihr es zeichnet oder malt, werdet ihr eine Reise in euer Innerstes machen und nach diesen Schwächen forschen. Ihr werdet das Bild aller Wahrscheinlichkeit nach heute nicht fertig bekommen. Ihr habt in der nächsten Lektion noch Gelegenheit dazu.
Und noch etwas. Jeder malt für sich alleine. Ihr braucht euren Mitschülern nichts zu zeigen. Nur ich allein werde mir ansehen, was ihr geschafft habt, und mit jedem einzelnen von euch

sein Bild besprechen, ohne dass die anderen etwas davon mitbekommen."

Er lehnte sich noch mehr an sein Pult, saß halb darauf.

„Ich möchte wissen, mit wem ich es zu tun habe, und euch helfen, an euch zu arbeiten. Die Bilder, die ihr hier in meinem Kurs malen werdet, sollen euch helfen, mit euch selbst ins Reine zu kommen."

Er lächelte.

„Aber ihr werdet sehen. Unter meiner Anleitung werdet ihr Fehler und Fähigkeiten in euch entdecken, von denen ihr heute noch nicht einmal eine Ahnung habt."

Er sah schweigend um sich und fixierte jeden einzelnen.

„Ich habe noch eine Bitte. Wenn ich ernsthaft mit euch arbeiten soll, verlange ich ... na, was wohl?"

„Disziplin", riefen zwei der Kursteilnehmer wie aus einem Mund und sahen sich daraufhin grinsend an. Der eine war ziemlich groß und schlaksig mit braunen Locken und John-Lennon-Brille, der andere benutzte offensichtlich zuviel Haargel. Der Lehrer lächelte ebenfalls.

„Das ist das eine – ja. Aber vor allem verlange ich euer Gefühl. Viele Menschen neigen dazu, alles bis zum Letzten zu zerreden und kleinzuquatschen. Sie entfernen sich dabei so weit von sich selbst, dass sie aus der Distanz heraus kaum mehr ihre eigenen Empfindungen wahrnehmen können. Distanz aber setzt Zeit zur besonnenen Betrachtung voraus. Doch gerade die Distanz ist es, die euch im Weg steht, wenn ihr beim Malen etwas über euch erfahren wollt. Und deshalb werde ich euch diese Zeit nicht geben. Alles, was ihr hier bei mir machen werdet, soll spontan aus dem Bauch heraus kommen. Und alles, was euch davon abhält, eure tiefsten Empfindungen in Bildern umzusetzen, werdet ihr in eurem Geist ausschalten. Und dazu gehört eben auch die Distanz. Wenn ihr ein richtig gutes, ehrliches Bild malen wollt, dürft ihr keine Zeit damit vergeuden,

darüber nachzudenken, warum ihr jetzt diesen Strich macht, jene Farbe gebraucht oder eine bestimmte Pinselstärke verwendet. Zuviel Nachdenken hat nur zur Folge, dass ihr euch euren Gefühlen verschließt. Und gerade das dürft ihr nicht. Um es einmal anders zu formulieren: Verkopfte Klugscheißer, die alles kleindiskutieren und erklären wollen, kann ich hier nicht brauchen. Ihr geht am besten gleich."
Keiner der Schüler rührte sich. Keiner wollte ein verkopfter Klugscheißer sein.

7 FISCHLASAGNE UND PROPAGANDA

Als Kolja nach Beendigung der ersten Lektion nach Hause kam, hörte er schon an der Haustür ein unterdrücktes Fluchen, das aus dem Wohnzimmer kam. Er ging, um nach seinem Großvater zu sehen.

„Gut, dass du kommst", begrüßte der alte Mann ihn. „Deine Mutter hat mich völlig falsch hingelegt. Ich lieg' hier auf den Filets. Komm, hilf mir mal."

Kolja schob das Tablett beiseite, auf dem sein Großvater die wichtigsten Utensilien deponiert hatte. Minibüro mit Kontoauszügen und Locher, Leselupe, Nageletui, Fernbedienung und die obligatorische Weinflasche. Opas ganze Welt zusammengeschrumpft auf einem fahrbaren Servierbrett. Kolja beugte sich hinunter, und sein Großvater legte die Arme um seinen Hals.

„So, jetzt! Einszwei, einszwei, aaah."

Mit einem langgezogenen Seufzer ließ er sich zurückfallen und verdrehte die Augen. Kolja wollte sich wieder aufrichten, doch sein Großvater krallte sich mit einer Hand an seinem Pullover fest.

„Bete zu Gott, dass dir das niemals passiert, Junge. Nimm dich in Acht vor diesen Verbrechern in den weißen Kitteln." So nannte Großvater die Ärzte. Er gab ihnen die Schuld an seinem Zustand. Er war davon überzeugt, dass sie bei ihm einen Fehler gemacht hatten. „Es gibt Leute, die fahren noch mit dreiundneunzig Jahren Fahrrad. Mich hat man schon mit siebzig als Verkehrshindernis von der Straße geholt."

„Ich weiß. An deiner Stelle wäre ich längst durchgedreht."
„Vielleicht bin ich das ja schon, und es hat nur noch keiner gemerkt."
„Quatsch."
„Nein, im Ernst. Manchmal frage ich mich wirklich, ob ich sie noch der Reihe nach gebrauche."
Er sah Kolja unsicher an.
„Sag – bin ich noch normal? Ich meine, wenn ich rede – hört sich das noch normal an – oder, oder …"
Kolja setzte sich ans Fußende.
„Opa, ganz ehrlich jetzt. Ich wünsche mir, dass ich im Alter noch so fit im Kopf bin wie du. Ich bin ja heute schon vergesslicher, als du es je gewesen bist."
Das war die Wahrheit. Sein Großvater zeigte keine Anzeichen irgendwelchen Altersschwachsinns. Da gab es die Wutausbrüche, ja. Aber wer würde die nicht bekommen in seiner Situation? Geistig fit, aber in Pampers. Und das seit drei Jahren.
Der Alte versuchte ein Lächeln, doch es gelang ihm nicht so recht. Seine Augen glitten über Koljas Gesicht, als suche er nach einem Anzeichen von freundlicher Unehrlichkeit. Doch anscheinend fand er sie nicht, denn die ängstliche Unsicherheit in seiner Miene verschwand.
„Ja … das ist bei Künstlern wohl so. Du bist doch ein Künstler, oder?"
„Ich bin gerade dabei, es herauszufinden."
„Ach ja, ich habe schon gehört. Du gehst ja jetzt auf diese Akademie."
Er schmatzte und sortierte seine Zahnprothese mit der Zunge.
„Mich würde interessieren, was du so toll dabei findest, Künstler zu werden. Versteh mich nicht falsch. Ich will das jetzt nicht abwerten. Aber ich habe mich immer nur für Zahlen interessiert. Ich konnte mit dem ganzen Kulturkram nie was anfangen. Das hat mir deine Großmutter immer ziemlich übel genommen …"

Er schwieg eine Weile.
„Ich kann mich erinnern, wir waren mal in der Schweiz. Wir waren jedes Jahr im Urlaub. Ich habe mich immer bemüht, ihr alles zu bieten, aber ... Na, jedenfalls hat sie mich in den Ferien immer von Kirche zu Kirche geschleppt, bis sie dann einsah, dass ich im Weinlokal besser aufgehoben war. Aber damals, in der Schweiz, hat sie mich einmal zu einer Galerie mitgenommen. Ich weiß noch, da war ein besonderer Raum, den hatte ein berühmter Künstler gestaltet. Ich erinnere mich natürlich nicht mehr an den Namen. Aber ich weiß noch, dass man von einem Balkon in dieses Zimmer hineinsehen konnte. Man durfte aber nicht hineingehen. Das hätte die Harmonie zerstört, sagte man uns. Und ich fragte mich damals, warum jemand ein Zimmer konstruieren sollte, in das man nicht rein darf. In dem der Mensch, für den die Kunst gemacht ist, sich als Störenfried fühlen muss."
„Aber gerade darum geht es ja!"
Kolja war begeistert. Endlich konnte er sich mal mit jemandem über das, was ihn am meisten bewegte, unterhalten. Dass es ausgerechnet sein Großvater sein würde, hätte er nicht erwartet. Er rutschte unruhig auf dem Bett herum und stieß dabei an die Beine des alten Mannes, der daraufhin schmerzhaft das Gesicht verzog.
„Oh entschuldige – darum geht es ja! Gefühle in den Menschen zu wecken. Ich glaube, ich weiß, welcher Maler das war in der Schweiz. Das hört sich jedenfalls nach Mondrian an."
„Egal, wie er heißt. Hauptsache du wirst nicht so. So ... arrogant."
Kolja blickte seinen Großvater einen Moment lang irritiert an.
„Nein. Aber verstehst du, ich finde es einfach faszinierend, wie man die Gefühle der Menschen beinflussen kann."
„Wozu soll so was gut sein? Außer dass man sich schlecht dabei fühlt?"

„Es gibt doch noch andere Sachen. Die Kunst hat unbegrenzte Möglichkeiten. Sie kann alles Mögliche in den Menschen bewirken." – „Ja, das kann sie wohl ..." Der Alte blickte versonnen auf die Miniaturhügel seiner verknautschten Bettdecke. „Aber ob das immer gut ist?"
„Wieso? Wie meinst du das?"
„Nun, ich muss gerade daran denken, was man bei uns damals bewirkt hat. Von vorne bis hinten belogen hat man uns. Schön zu reden ist ja auch eine Kunst. Und die Kunst hat auch noch in anderen Bereichen ihre Rolle gespielt. Überall schöne arische Körper. Was waren wir schön! Was fühlten wir uns gebauchpinselt! Und jetzt sieh dir diesen arischen Körper mal an. So wie ich jetzt aussehe, haben die damals die Juden auf Plakaten abgebildet. Hässlich, eklig und abstoßend."
„Ich finde nicht, dass du hässlich bist."
„Nein, nicht wahr? Ich bin ein griechischer Gott. Danke, aber eine Lüge wird nicht wahr, indem man sie immer wiederholt." Er starrte nachdenklich vor sich hin.
„Weißt du, wenn man es gut genug verpackt, kann man den Menschen alles verkaufen. Das ist mit einer Ideologie genauso wie mit diesen verdammten Mikrowellenessen, die mir deine Mutter manchmal macht. Vorne auf der Packung ist eine Fischlasagne abgebildet, die einem vor Hunger den Magen rebellisch macht, und hinten beim Kleingedruckten steht dann so was Widerliches wie Krebsfleischimitat."
Er rülpste vernehmlich. „Aber wer liest sich das schon durch, wenn man Hunger hat und es schnell gehen soll. Und das muss es heute ja meistens. Hat ja nicht jeder so viel Zeit wie ich. Außerdem ist das Bild vorne viel schöner. Komm, gib mir mal einen Schluck Wein."
Kolja füllte nachdenklich das Glas.
„Und du machst dir Gedanken, ob du noch richtig im Kopf bist!", sagte er dann.

8 ZWISCHENFALL IM SCHWIMMBAD

Am nächsten Tag verabredete sich Kolja wieder mit Lili. Sie wollten zusammen schwimmen gehen. Lili bestand darauf, dieses Mal ihn abzuholen.
„So lerne ich auch mal deine Familie kennen."
Kolja war sich nicht sicher, ob er das auch wirklich wollte. Aber was sollte es, Hauptsache er konnte sie sehen. Und seinen Vater kannte sie ja schon.
Wie meistens, wenn Kolja etwas vor hatte, ging es zu Hause drunter und drüber. Als es an der Haustür klingelte, waren sein Vater und eine Krankenschwester gerade im Wohnzimmer dabei, Opa zu überzeugen, dass Koljas Mutter das alles nicht mehr alleine schaffen und diese nette junge Schwester sich nun morgens und nachmittags um ihn kümmern würde.
Kolja öffnete die Tür. Lili sah toll aus. Sie hatte ihre Haare einfach mit einem Reif zurückgesteckt, sodass sie lose über ihre Schultern fielen und ihr hübsches Gesicht freigaben. Sie trug ein hellgrünes Baumwollkleid, das sich oben eng anschmiegte und unten weit um ihre Beine floss.
„Die ist doch viel zu dünn! Die kann mich doch unmöglich heben", brüllte Opa.
Kolja zog die verwundert dreinblickende Lili in den Flur.
„Warte hier", sagte er. „Ich hole nur noch gerade meinen Rucksack. Dann können wir sofort los."
„Sie ist nicht dünner als Birgit", brüllte Koljas Vater zurück. „Außerdem ist es ihr Beruf."

Während Kolja die Treppe hochhechtete, dachte Lili gar nicht daran, einfach im Flur herumzustehen. Neugierig tat sie einen kurzen Blick ins Wohnzimmer, wo ihr Mathelehrer und eine weißbekittelte junge Frau sich mit einem sehr alten und sehr lauten Mann auseinandersetzten.
Bevor sie Lili sehen konnten, zog diese sich wieder zurück und bemerkte den forschenden Blick von Koljas Großmutter, die sie von ihrem Sofa aus kritisch beäugte. Beherzt ging Lili auf sie zu und hielt ihr die Hand entgegen.
„Guten Tag, ich bin Lili, eine Freundin von Kolja."
Die alte Frau strahlte sie an und ergriff ihre Hand.
„Ich rutsche ab! Ich falle!", brüllte Koljas Großvater. Die alte Frau verdrehte die Augen.
„Da. Da jault er schon wieder."
Sie fixierte Lili mit ihren wasserblauen Augen. Gleichzeitig hatte das Mädchen das Gefühl, sie würde durch sie hindurchsehen.
„Aber so war der immer. Immer eine große Klappe, aber wenn's drauf ankam, hat er gekniffen", vertraute sie Lili an.
Lili grunzte durch die Nase, um nicht laut herauszulachen.
Kolja trat in die Küche.
„Ich bin dann so weit. Wie ich sehe, habt ihr euch schon bekanntgemacht."
Oma lächelte selig und nickte.
„Also, wir sind dann mal weg."
Er zog Lili hinter sich her und schob sie zur Türe hinaus. Das letzte was sie hörten, war ein lautes Aufseufzen aus dem Wohnzimmer. Die Krankenschwester hatte es wohl geschafft.

Das Wasser war herrlich. Sie tollten herum, zogen ein paar Bahnen, so gut es ging, denn das Becken war überfüllt. Nach einer halben Stunde hatten sie genug und liefen zu ihren Handtüchern. Lili hatte sich die Haare zu einem Dutt hochgedreht.

Kolja starrte auf die sanft geschwungene Linie ihres Nackens, die von ein paar Locken, die sich gelöst hatten, unterbrochen wurde. Fasziniert betrachtete er die Wassertropfen, die ihr wie Tränen über die Wangen rannen und sich in kleinen glitzernden Perlen an Kinn und Nasenspitze sammelten. Lili hatte seinen Blick bemerkt.
„Ist was?"
„Hättest du was dagegen, wenn ich dich einmal zeichne?", fragte er.
„Was? Ich meine … nein, natürlich nicht." Sie sah ihn etwas verwirrt an. „Ich wusste ja gar nicht, dass du so was machst."
Kolja griff nach seinem Rucksack und holte seinen Skizzenblock und Stifte hervor.
„Wie – jetzt? Hier? So nass, wie ich bin?"
„Warum nicht?"
„Hhm. Gut, okay." Sie nahm die Hände über ihren Kopf und wollte den Knoten lösen, der ihre Haare zusammenhielt.
„Nein! Lass das – es ist gut, wie es ist", sagte Kolja schnell. Sie ließ die Hände wieder sinken und sah ihn an.
Kolja begann zu zeichnen. Bei jedem Menschen gibt es Situationen, in denen er mehr als sonst spürt, dass er lebendig ist. Bei Kolja war es immer so, wenn er zeichnete. Er hatte sich den Alltag einmal als fette gefräßige Riesenschlange vorgestellt. Mit verknautschter lilafarbener Haut und schwarzen Augen, die ständig auf der Suche nach Fressen waren. Sie ernährte sich von der Hektik, die ihn umgab, vom Stress, von seinen Gewohnheiten und Langeweile. Doch jedesmal, wenn er einen Stift oder ein Stück Kreide in die Hand nahm, wurde die Alltagsschlange blind. Er wurde unsichtbar für sie.
„Stört es dich, wenn ich spreche?"
„Überhaupt nicht", murmelte er und tastete sich mit dem Bleistift vorsichtig an den Umriss ihres rechten Ohres heran.
„Ist es bei euch immer so … so turbulent?"

„Mit wenigen Ausnahmen schon."
„Ich habe mich kurz mit deiner Oma unterhalten. Liebt sie deinen Großvater eigentlich?"
„Warum fragst du?"
„Sie hat ein bisschen abfällig geklungen. Ich weiß aber nicht, ob es nur ein Scherz war oder ob sie es ernst gemeint hat."
Kolja lachte kurz. „Was, nur ein bisschen? Normalerweise lässt sie kein gutes Haar an ihm. Er aber auch nicht an ihr. Er ist nur nicht so radikal in seiner Ausdrucksweise."
Jetzt der Haaransatz. Er wusste nicht, warum, aber damit tat er sich immer etwas schwer.
„Was hast du gesagt?"
Ihre letzte Frage war ihm entgangen.
„Hassen sie sich denn?", wiederholte sie.
„Ich weiß es nicht. Manchmal denke ich, das ist alles nur ein Scherz. Dass sie es brauchen, dass sie diese Reibereien am Leben halten. Und dass sie es in Wahrheit nicht ohne den anderen aushalten. Aber dann kommen auch wieder so heftige Sachen vor, dass ich denke, so etwas ist nicht alleine mit Streitsucht zu erklären."
„Was für Sachen?"
„Opa liegt jetzt seit drei Jahren fest im Bett. Am Anfang kamen immer noch seine Freunde und Stammtischkollegen zu Besuch. Dann wunderte er sich, dass es mit der Zeit immer weniger wurden. Als ihm an seinem letzten Geburtstag nicht ein einziger gratulierte, dachte er, alle Welt hätte ihn vergessen."
„Und? Was weiter?"
„Er hat mir Leid getan. Abends bin ich dann in seine alte Stammkneipe. Ich hoffte, dort ein paar seiner früheren Freunde zu finden. Es war zwar irgendwie blöd, aber ich wollte sie einfach daran erinnern, dass sie ihn wenigstens anriefen. Ich fand sie. Drei von ihnen saßen da und tranken auf Opas Wohl. Sie waren ziemlich erstaunt, mich zu sehen. Aber du hättest sie

mal sehen müssen, wie erstaunt sie erst waren, als ich ihnen meine Bitte vortrug."
„Weshalb?"
„Sie erzählten mir, dass jedesmal, wenn einer von ihnen angerufen hat, um zu fragen, wie es ihm geht und wann man ihn mal besuchen könnte, meine Oma ihnen gesagt hätte, Opa wolle niemanden mehr sehen. Sie hatte das Telefon immer auf ihrem Küchentisch stehen."
„Oh nein! Aber warum sollte sie so etwas tun?"
„Ich vermute mal, dass sie sich schämte und nicht wollte, dass man sie und ihren Mann so sah. Trotzdem. Da kam mir zum ersten Mal die Idee, dass es einen tieferen Grund geben muss, warum sie sich machmal so spinnefeind sind. Aber was genau es ist, wissen wohl nur die beiden."
Er sah kurz auf und betrachtete konzentriert die zarte Wölbung über ihren Augenlidern.
„Wie schrecklich. Das ist ja furchtbar!"
„Ich erzählte meinem Vater davon. Daraufhin installierte er Opa einen zweiten Anschluss neben seinem Bett. Seitdem bekommt er wieder Besuch."
Lili schwieg, und Kolja konzentrierte sich auf ihre Augen.
„Hoffentlich passiert mir nie so etwas", flüsterte Lili nach einer Weile. „Ich hoffe, dass mein Mann die Achtung vor mir auch nicht verliert, wenn ich so weit bin, dass ich ins Essen sabbere. Ich glaube, Achtung ist genauso wichtig wie Liebe, oder?"
Kolja war dabei, ihre Pupille schwarz auszuzeichnen. Er blickte auf. Ein Fehler jetzt und dieser wunderbare Ausdruck in ihren Augen, den er versuchte festzuhalten, wäre verfälscht worden. Und dann – ganz plötzlich – verlor er den Blick des Künstlers. Er sah sie direkt an. Wenn sie ihn später mal fragen würde, wann genau er sich in sie verliebt hatte, würde er sich wohl an diesen Moment erinnern.

Im nächsten Augenblick registrierte Kolja noch etwas anderes. Flüchtig und nebensächlich. Er achtete jedoch nicht weiter darauf, tat es als Täuschung ab. Doch am nächsten Tag, als sie wieder zusammen im Schwimmbad waren, fiel es ihm erneut auf. Er hatte es sich nicht eingebildet.
„Dreh dich jetzt nicht um. An dem Platz links unter der Weide sitzt ein Typ, der die ganze Zeit zu uns rüberstarrt. Er ist mir gestern schon aufgefallen. Guck ihn dir mal ganz unauffällig an."
Lili wurde weiß um den Mund herum, und diesmal wusste Kolja ganz sicher, dass er sich nicht in ihrem Gesichtsausdruck getäuscht hatte. Sie hatte ganz eindeutig Angst.
„Reibst du mir mal den Rücken ein?" Sie drückte ihm die Sonnenmilch in die Hand.
Lili war bemüht, sich nichts anmerken zu lassen. Doch Kolja sah, dass ihre Hand zitterte. Sie wälzte sich bewusst träge auf den Bauch, sodass sie in Richtung Weide sehen konnte, ohne dass es auffiel. Während Kolja die weiße Lotion auf ihrer Haut verrieb, spürte er, wie ihre Muskeln sich verkrampften. Er meinte auch zu bemerken, dass sie schneller atmete. Eine Weile blieb sie ganz ruhig liegen. Als sie sich wieder umdrehte, war ihr Gesicht so unbefangen wie vor wenigen Minuten. Doch er glaubte, noch die Spuren eines heftigen Kampfes darin lesen zu können.
„Keine Ahnung, wer das ist. Hab ihn noch nie gesehen. Vielleicht irgendein bekloppter Spanner", sagte sie wegwerfend. Sie setzte sich und machte ein paar Lockerungsübungen, ließ Kopf und Schultern kreisen.
„Du kannst gut massieren", lächelte sie. Aber ihr Lächeln schien nicht echt. Er war verunsichert. Doch sie wirkte ganz locker. Er blickte zu dem Mann hinüber. Eigentlich sah er ganz normal aus. Ein sportlicher Mann mit Badehose und Sonnenbrille. Obwohl er weißes Haar hatte, schien er noch relativ jung

zu sein. Das einzige, was Kolja störte, war die Art, in der er immer wieder verstohlen herübersah, wenn er glaubte, keiner von ihnen beiden beachtete ihn, und das schnelle Wegsehen, wenn Kolja ihn direkt ansah, wie gerade. Aber vielleicht täuschte er sich ja wirklich, und er bildete sich das Ganze nur ein. Lili wirkte völlig unbekümmert. Und nach einer Weile vergaß Kolja den Zwischenfall.

Lili allerdings vergaß ihn nicht so schnell. Nach dem Schwimmbad verabschiedete sie sich recht schnell von Kolja. Sein Angebot, sie nach Hause zu begleiten, lehnte sie ab. Sie befürchtete, dass es ihr keine Minute länger gelingen würde, die Unbeteiligte zu spielen und so ruhig zu bleiben. Als Kolja sie auf den Mann aufmerksam gemacht hatte, hatte ihr die Furcht im ersten Moment alle Muskeln gelähmt. Doch zu der Angst, womöglich von einem der Färber beobachtet worden zu sein, gesellte sich bald noch ein anderes Gefühl, das ihr die Ruhe nahm. Was sie vor allem in Aufruhr versetzte, war eine ungeheure Wut. Vielleicht war es ja wirklich nur ein Spanner gewesen, dem es Spaß machte, Pärchen zur beobachten. Vielleicht aber auch nicht. Aber ob Spanner oder nicht – sein Auftauchen hatte ihr deutlich vor Augen geführt, dass sie sich nicht sicher fühlen konnte. Und dafür hasste sie ihn.
Sie mochte dieses Tal. Sie liebte das Haus, in dem sie lebte, fühlte sich wohl bei ihrer Großmutter. Und – sie fühlte sich wohl bei Kolja. Das andere Leben jenseits des Ozeans, ihre Flucht – all das schien sehr entfernt zu sein, so als wären Jahre und nicht erst ein paar Monate vergangen. Und dann kam so ein blöder Typ und erinnerte sie an alles, was sie am liebsten vergessen hätte.
Sie wollte nicht wieder fort. Der Gedanke, Klosternelde zu verlassen, flößte ihr fast ebensoviel Unbehagen ein wie der, die Färber könnten sie und ihren Vater dort finden. Trotzdem war

sie sich im Klaren darüber, dass sie den Vorfall nicht verschweigen durfte.
Sie fand ihren Vater in der Küche, wo er gerade dabei war, Schinken für Rühreier zu schneiden. Als er ihren Gesichtsausdruck sah, wußte er sofort, dass etwas nicht stimmte.
Ihr Bericht beunruhigte Jack sehr. Doch seine Reaktion zeigte ihr, dass auch er sich danach sehnte, endlich Ruhe zu haben.
Er schob das Brett mit dem kleingewürfelten Schinken von sich. „Ach Lili ..." Es klang traurig. „Ich wünschte, ich könnte dir sagen, vergiss es, denk nicht weiter darüber nach. Aber das kann ich nicht. Was ich dir sagen muss, ist: Halte die Augen offen, bleib wachsam. Vielleicht hast du dich getäuscht, vielleicht nicht. Du bist alt genug, um unsere Situation richtig einzuschätzen."
Lili sah ihren Vater an. Er sah sehr müde aus. Auch er wünschte sich sicher manchmal, nie von der ganzen Sache erfahren zu haben. Es ging ihm genauso wie ihr. Plötzlich fühlte sie sich ihrem Vater so nahe, wie lange nicht mehr. Sie ging zu ihm und umarmte ihn. Er drückte sie ganz fest.
„Vielleicht", murmelte sie in seinen Pullover. „Vielleicht, wenn man schon nicht vergessen darf, kann man sich ja doch wenigstens zwischendurch mal ablenken. Und eigentlich klappt das bei mir ja ganz gut."
Jack hielt sie ein Stück von sich und lächelte.
„Na, dafür sorgt wohl dein Kolja schon, oder?"
„Moment mal! Was heißt hier mein Kolja? Was hat dir Granny schon wieder erzählt?"
Doch ihr Vater grinste nur, und sie beschwerte sich nicht weiter. Mein Kolja ... hört sich gar nicht so schlecht an, dachte sie. Bald hatte sie den Zwischenfall im Schwimmbad in die hinterste Ecke ihres Gehirns verbannt. Ihre Befürchtungen schienen sich außerdem tatsächlich als unbegründet herauszustellen. Sie sah den Mann nie wieder.

9 „ENDLICH FREI"

Es war die dritte Stunde des Malkurses. Heute sollten die Porträts fertig werden. Es hatte sich gezeigt, dass einige doch noch ein wenig länger gebraucht hatten. Die Schüler wollten direkt an ihre Staffeleien gehen, doch Kovac hielt sie zurück.
„Setzt euch doch noch einen kleinen Moment. Bevor wir mit der Praxis beginnen, möchte ich euch heute erst etwas zeigen."
Er ging zu einer Staffelei, die mit einem weißen Laken bedeckt war. Mit Schwung entfernte er das weiße Tuch. Dahinter kam das gerahmte Bild von einem nackten, jungen Mädchen zum Vorschein. Es war eine Pastellzeichnung, ganz in Blau und Rottönen gehalten. Das Mädchen kniete mit gespreizten Beinen und durchgedrücktem Oberkörper. Ihre Hände hatte sie seitlich an den Kopf gelegt, die Ellenbogen nach oben gereckt. Sie hatte ihren Kopf in den Nacken gelegt, sodass ihre langen Haare fast den Boden berührten. Die Augen hielt sie geschlossen. Ihr Mund lächelte. Nachdem die Schüler das Bild einige Sekunden lang kommentarlos betrachtet hatten, die einen mit unterdrückter Scheu, die anderen mit erfreutem Wohlwollen, richtete der Lehrer erneut das Wort an sie.
„Der Titel dieses Bildes, das eine meiner Schülerinnen aus einem früheren Kurs gemalt hat, lautet: ‚Endlich frei'. Sie hat es mir nach Beendigung des Kurses geschenkt. Ich denke, es spricht für sich."
Flüchtig, fast zärtlich ließ er seine Finger über das Bild gleiten. „Ich erinnere mich an diese Schülerin als ein sehr verhuschtes

rothaariges Mädchen, das sein Selbstbewusstsein irgendwann sorgsam in ein kleines Kästchen gesteckt haben musste und vergessen hatte, wo sie es aufbewahrte. Sie war fürchterlich verklemmt. Einmal, als wir ein Bild von ihr in meinem Büro besprachen, sagte sie mir: ‚Wissen Sie, ich wirke immer irgendwie komisch. Ich habe immer das Gefühl, dass man mich überhaupt nicht ernst nimmt. Und wenn ich mal aus mir herausgehe, geschieht ständig etwas, was mir peinlich ist, und ich ergreife die Flucht. Wenn ich etwa versuche, in einem wichtigen Gespräch nett zu lächeln, dann sagt bestimmt irgendwer ‚Entschuldige – aber du hast da, glaube ich, etwas Spinat an deinen Zähnen.' Das ist mir wirklich passiert!'"

Ein lautes Lachen seitens der Schüler unterbrach kurz die Ausführungen Kovacs. Auch er lächelte, bevor er weitersprach.

„Nun – während meines Kurses begann sich das Mädchen zu verändern. Sie wurde lebhafter, kümmerte sich nicht mehr so verkrampft darum, wie sie auf andere wirkte und schien eben deshalb viel selbstbewusster. Und als sie mir am Ende dieses Bild hier schenkte, hätte man sie kaum mehr mit dem grauen Mäuschen in Verbindung gebracht, das sie einmal gewesen war. Für mich war es das größte Kompliment, das ein Lehrer bekommen kann. Ich muss zugeben, dass ihre Veränderung eine sehr radikale war, aber genau dies ist der Grund, warum ich euch davon erzählt habe. Es könnte durchaus sein, dass auch ihr euch durch dieses Seminar verändert. In welche Richtung, kann man vorher nie sagen. Ein paar von euch werden sich jetzt vielleicht sagen: ‚Ich will mich aber nicht verändern. Ich habe keine Lust, mich weiterzuentwickeln und bin völlig zufrieden mit mir und dem, was ich tue.' Nun – dann verändert ihr euch eben nicht. Ich wollte euch jedoch sagen, dass diese Möglichkeit durchaus besteht und ihr damit rechnen müsst. Denn eine Veränderung bringt manchmal nicht nur Positives mit sich."

„Wie meinen Sie das denn jetzt?", fragte ein sehr zierlich gebauter Junge mit blonden Haaren. Es war das erste Mal, dass Kolja ihn sprechen hörte, und er war erstaunt über seine dunkle Stimme. Der Junge hatte auf ihn bisher ziemlich mädchenhaft gewirkt. Eher hatte er die Stimme eines Chorknaben erwartet.
„Ich meine damit Folgendes: Wenn ihr euch mit euch selbst beschäftigt – und Malerei ist im Grunde nichts anderes als Beschäftigung mit sich selbst –, könntet ihr durchaus auch ein paar Seiten an euch entdecken, die ihr nicht besonders mögt. Oder ihr könntet merken, dass die Person, die ihr die ganze Zeit über dargestellt habt, nur Fassade ist. Wenn ihr euch dann aber entschließen solltet, zu der ‚neuen' Persönlichkeit zu stehen, die ihr in euch entdeckt habt, dann müsst ihr damit rechnen, dass ihr einige Leute damit unangenehm überraschen oder vor den Kopf stoßen werdet. Eure Eltern beispielsweise. Oder eure Freunde. Sogar eure Lehrer in der Schule."
„Die werden sich schon daran gewöhnen müssen", sagte Tom. Er hatte seinen Mund zu einem spöttischen Lächeln verzogen.
„Gut. Damit ist dann alles gesagt. Ich möchte euch nun den Vorschlag machen, einmal auszuprobieren, ob die Körperhaltung des Mädchens eurer Meinung nach mit dem Titel, mit dem Gefühl ‚Endlich frei' zu sein, übereinstimmt. Janine? So heißt du doch, oder? Würdest du bitte einmal zu mir herkommen?"
Das angesprochene Mädchen mit den braunen, langen Haaren biss sich auf die Lippen, zögerte, ging aber dann entschlossen nach vorne.
„Versuch es. Mach es ihr nach", sagte Kovac.
Janine kniete sich hin, schaute noch einmal auf das Bild. Dann schloss sie ihre Augen und ahmte die Haltung des abgebildeten Mädchens nach. Nachdem sie etwa drei Sekunden in dieser Stellung ausgeharrt hatte, wollte sie sich wieder aufrichten.
„Nein, bleib so. Du musst es fühlen. Lass dir Zeit", sagte Kovac.

Noch einmal tat Janine, wie ihr geheißen wurde. Nach etwa zwanzig Sekunden stand sie auf und blickte unsicher umher.
„Und?"
„Ich kann mir schon vorstellen, so ein Gefühl zu haben."
„Gut. Sehr gut. Nur musst du es dir nicht nur vorstellen, sondern es ganz erleben. Aber daran werden wir ja noch arbeiten."
Janine nickte schnell und ging zu ihrem Platz zurück.
„Jetzt probiert ihr anderen es einmal aus."
Die drei anderen Mädchen und sechs der Jungen ließen sich auf die Knie nieder. Kolja und Tom blieben zuerst sitzen. Tom bedachte seinen vermeintlichen Widersacher mit einem verächtlichen Blick. Dann kniete auch er sich hin und ahmte die befohlene Haltung nach. Kolja seufzte und tat es ihm gleich. Adrian Kovac stand unterdessen fast unbeweglich neben seiner Staffelei und betrachtete seine knienden Schüler, die sich mit geschlossenen Augen bemühten, das Gefühl der Freiheit nachzuempfinden. Er sah sehr zufrieden aus.

10 VERSÖHNUNG

Kolja zeichnete Lili noch oft in der folgenden Zeit. Sein erstes Bild von ihr gefiel ihr. Sie sagte, so habe sie sich noch nie gesehen und dass er niemals aufhören dürfe zu malen. Bald küssten sie sich das erste Mal. In Koljas Leben begann sich eine gewisse Regelmäßigkeit abzuzeichnen. Nicht, dass es anfing, langweilig zu werden. Es war eine Regelmäßigkeit, die ihm gefiel. Er besuchte weiter die Akademie, büffelte viel für die Schule, damit sein Vater sich nur ja nicht beschweren konnte, und sah Lili, so oft es nur ging. Sie war ganz begeistert von der Tatsache, dass er Kunstunterricht nahm. Sie selbst fuhr zweimal in der Woche mit dem Zug nach Bonn zu ihrem Gitarrenlehrer. Manchmal holte Kolja sie vom Bahnhof ab. Einmal hatte er dabei ihren Vater kennengelernt, der an diesem Tag die gleiche Idee gehabt hatte. Sie hatten sich nur kurz unterhalten und ein paar unverbindliche Nettigkeiten ausgetauscht – zu wenig, um sich ein genaueres Bild von dem anderen zu machen. Aber Kolja fand ihn ganz sympathisch. Er hatte die gleichen Augen wie Lili.

Kolja war glücklich und – so weit er es beurteilen konnte – Lili wohl auch. Trotzdem hatte er manchmal das Gefühl, dass da etwas war, was ihn von Lili trennte. Etwas, das sie wie eine düstere Wolke umgab. Es waren nur kurze Momente, in denen er diese Wolke zu sehen glaubte. Es war die gewisse Art, wie Lili gedankenverloren und völlig abwesend zu sein schien. Auch wenn sie ihm nahe war, wenn ihr Kopf auf seiner Schulter lag und ihr Atem sanft die Haut an seinem Hals kitzelte. Sprach er sie dann an, war es manchmal, als käme sie von weither zurück. Doch dieser Eindruck dauerte nur den Bruchteil einer Sekunde. Aber es schien, als käme sie von einem Ort, der sich für Kolja anfühlte, als gehöre er zu ihrer wahren Identität …

Der Kurs im alten Kloster lief ganz gut. Kovac war als Lehrer nicht schlecht, wenn er sich auch – für Koljas Geschmack jedenfalls – etwas zu sehr als Seelendoktor aufspielte. Nachdem in der Gruppe alle ihre Porträts fertig hatten, wurde jeder von ihnen einzeln in sein Büro gebeten. Sie wurden in der alphabetischen Reihenfolge drangenommen. Zobel kam also als letzter.

Kovac begann ohne große Vorrede.

„Also, ich kann dir nicht genau sagen, was mir an deinem Bild mehr gefällt – die Art, in der du dich selbst dargestellt hast, als zusammengesetztes Splitterbild mit vielen Facetten, oder dein Geschick. Du malst schon ziemlich lange, oder?"

Hinter dem Lehrer stand ein kleines Schränkchen mit einem Kassettenrekorder darauf. Ein kleines rotes Licht verriet, dass er betriebsbereit war. Zwei Tasten waren heruntergedrückt. Die eine war der Aufnahmeknopf. Bevor er die Frage beantwortete, sprach Kolja ihn darauf an.

„Ich habe ja schon gesagt, ich mache mir gern ein genaues Bild von den Leuten, mit denen ich arbeite. Und die Aufzeichnungen helfen mir dabei, dieses Bild zu vertiefen. Es stört dich doch hoffentlich nicht? Oder hast du ein Problem damit?"

Wenn er mich *vorher* gefragt hätte, hätte ich wahrscheinlich gar nichts dagegen gehabt, dachte Kolja verärgert. Aber das hatte Kovac nicht getan.

„Ehrlich gesagt, wäre es mir lieber, wenn sie es ausschalten würden", sagte er deshalb. Als er Kovacs überraschtes Gesicht sah, beeilte er sich zu erklären, dass er sonst wohl nicht so frei reden könne. Der Lehrer machte keine große Affäre daraus und schaltete das Gerät ab.

„Wie du willst. Du bist hier der Boss. Aber jetzt mal zu meiner ersten Frage: Wann hast du eigentlich mit dem Malen angefangen?"

„Na ja, gemalt habe ich eigentlich immer schon. Schon als kleiner Junge, einfach weil es mir Spaß machte. Und später probierte ich eben alle möglichen Techniken aus, um zu sehen, ob ich damit zurechtkomme."

„Du malst also nur, um auszuprobieren, was du kannst?"

„Nein. Jetzt nicht mehr. Jetzt reicht es mir nicht mehr, nur noch Schönes zu machen."

„Warum nicht?"

„Ich denke, mit einem Bild kann man die Leute auf gewisse Dinge aufmerksam machen."

„Auf welche Dinge?"

„Na, auf Sachen, die in der Welt nicht so in Ordnung sind."

„Zum Beispiel?"

Kovacs Fragen kamen wie aus der Pistole geschossen, kaum dass Kolja mit seiner Antwort fertig war. Er fühlte sich etwas in die Enge getrieben und dachte einen Moment nach, doch der Kursleiter ließ ihm keine Zeit.

„Was ist mit der Welt nicht in Ordnung?", wiederholte er.

Koljas Antwort fiel also knapp und standardmäßig aus.

„Ach – Krieg, hungernde Kinder und Leute, die sich auf Kosten anderer bereichern. Solche Sachen eben."

„Wenn du Berichte über diese Dinge im Fernsehen siehst, geht dir das also noch lange nach?"

„Ich denke, wenn ich so etwas schnell abhaken würde, könnte ich wohl kein Bild darüber malen."

„Nein, da hast du Recht. Künstler sind sehr viel sensibler als andere Menschen. Den meisten ist es doch völlig egal, was auf der Welt passiert. Hauptsache, ihnen selbst geht es gut. Und

dann rennen sie jeden Sonntag in die Kirche und werfen ihre Kollekte ein, um ihr Gewissen zu beruhigen. Ich hasse solche Leute."
„Und ich hasse Verallgemeinerungen", erwiderte Kolja.
„Wieso? Was meinst du?", fragte Kovac etwas irritiert.
„Man kann sie doch nicht alle in einen Topf werfen, oder?"
„Äh, nein. So habe ich das auch nicht gemeint."
Kolja hakte nach. „Es gibt doch auch Künstler, die unheimlich schön daherquatschen und sich im Grunde doch nur für nichts anderes interessieren als für ihren vollen Bauch, wie sie sich am besten vermarkten können und wie sie die meiste Kohle machen. Und wenn sie dann genug beisammen haben, ein paar Villen und Autos besitzen, dann geben sie ein bisschen was davon ab für die Armen. Ist doch auch so eine Art Kollekte, oder? Nur eben werbewirksamer."
Kovac lehnte sich zurück und sah den Jungen vor sich eine Zeitlang schweigend an.
„Das gefällt mir, gefällt mir sehr", sagte er dann. „Du hinterfragst, bist kritisch. Das muss ein guter Maler auch sein. Ich seh schon, wir werden gut miteinander auskommen."
Der Rest des Gesprächs dauerte nur noch knapp eine Viertelstunde. Die Fragen und Antworten gingen hin und her wie die Bälle bei einem Ping-Pong-Spiel. Die Fragen bezogen sich auf allgemeine Dinge wie die Schule, Hobbys, welche Künstler ihn beeinflusst hätten und wie seine Eltern zu Koljas künstlerischen Ambitionen stünden.
Kolja stellte hinterher bei Unterhaltungen mit den anderen – außer mit Tom natürlich – fest, dass Kovac allen ungefähr dieselben Fragen gestellt und ihnen dann seine erste Einschätzung über sie und ihre Qualifikation mitgeteilt hatte. Mit einigen Unterschieden zwar, aber es kam auf dasselbe heraus. Bei jedem fand Kovac anhand seines Bildes und des Gesprächs irgendeine persönliche Schwäche, die ihnen vorher nicht

bewusst gewesen war. Der Kursleiter versuchte ihnen klarzumachen, dass sie es mit diesen Schwächen kaum schaffen würden, wirklich erfolgreich zu sein. Bei dem einen war es zu wenig Selbstvertrauen, bei anderen ein versteckter Egoismus, einige beurteilte Kovac als zu sanftmütig oder zu aggressiv, manche als zu verschlossen. Zu letzteren gehörte Kolja, wobei er sich die Kritik zwar anhörte, sich aber kaum dafür interessierte. Er war zum Malen hier und nicht, um ein „besserer Mensch" zu werden. Außerdem fand er die Fragen, die Kovac stellte, einen Tick zu persönlich. Kolja mochte es nicht, wenn jemand, den er kaum kannte, erwartete, dass er ihm alles Mögliche von sich erzählte. Wenn Kovac es auch bestimmt nicht böse meinte – etwas in Kolja sträubte sich dagegen, vor ihm sein Innerstes auszubreiten. Jedesmal, wenn er in das Büro gerufen wurde, wich er den Fragen, so gut es ging, aus.
Vielleicht gehörte er deshalb nicht zu Kovacs Lieblingen. Denn obwohl sich der Lehrer bemühte, allen die gleiche Zeit zu widmen und sich gleichermaßen um jeden einzelnen zu kümmern, kristallisierte sich bereits nach einigen Wochen heraus, dass er von einigen Schülern besonders angetan war. Zu denen gehörten auch Tom und Janine. Während die beiden immer häufiger in den Genuss von Einzelunterricht kamen, wurde Kolja bald gar nicht mehr zu Gesprächen in das kleine Privatbüro geholt. Kovac hatte es bei ihm wohl aufgegeben.
Aber das kratzte Kolja weniger. Er wollte malen. Sonst nichts. Er fühlte sich also im Großen und Ganzen ganz wohl dort. Nur die stille Feindschaft zwischen ihm und Tom nagte manchmal an ihm. Tom schien sich in den Kopf gesetzt zu haben, dass Kolja ihn um jeden Preis ausstechen wollte. Tom schien in der Gunst des Lehrers wirklich hoch im Kurs zu stehen. Das merkte Kolja an den kleinen „Vergünstigungen", die dieser ihm immer wieder zukommen ließ. Er blieb oft länger, half, das Atelier aufzuräumen und so weiter. Kolja hatte nicht die geringste

Lust, in diesen Wettstreit einzutreten, der für ihn keiner war. Er hatte genug zu tun. Er bemühte sich, was die Malerei betraf, redlich. Aber er hatte nicht das Bedürfnis, seinem Lehrer zu gefallen. Er fand es manchmal sogar peinlich, wie Tom um Kovac herumscharwenzelte. Für Kolja hatte Tom nur überhebliche, selbstgefällige Blicke übrig.
Einmal, als Kolja an Toms Staffelei vorbeiging, blieb er fasziniert stehen. Das Bild war gut. Es war wirklich sehr, sehr gut. Das Zusammenspiel und die Auswahl der Farben harmonisch, die Formen teilweise undeutlich, die Details scharf herausgearbeitet. Wenn er auch gewisse Schwächen an handwerklichem Können zu bemerken glaubte – die Idee und das Gefühl für Form und Farbe fand Kolja brillant.
Tom hatte sofort bemerkt, dass Kolja hinter ihm stehen geblieben war, und drehte sich genervt zu ihm um.
„Es ist gut", sagte Kolja. „Es gefällt mir."
„Behalt deine Kommentare für dich, okay? Niemand hier will sie hören."
Tom drehte sich schroff um, sein Rücken verkrampfte sich, er umklammerte den Pinsel fester. Seine ganze Haltung strahlte Abwehr aus. In diesem Moment erinnerte ihn Kolja an einen Affen, der verstohlen eine Leckerei in seinen Händen hält und seinen Schatz vor vermeintlichen Dieben schützen will. Affen machen das so.
Kolja hätte seinem ehemaligen Freund eine runterhauen mögen. Wie konnte jemand nur so dämlich und stur sein? Von da an unterließ er jeglichen Versuch, sich mit Tom auszusöhnen. Er ging ihm ganz bewusst aus dem Weg, denn er hatte es satt, sich ständig beleidigen zu lassen.

Der Herbst kam ganz plötzlich. Von einem Tag zum anderen war der Sommer vorbei, und die Temperaturen sanken schlagartig um mindestens zehn Grad.

Vielleicht hatte das Herz von Koljas Großvater diesen abrupten Wechsel nicht vertragen. Es war alles sehr schnell gegangen. Als Kolja aus der Schule kam, war sein Großvater schon nicht mehr da. Man hatte ihn mit Blaulicht ins Krankenhaus der nahegelegenen Kreisstadt transportiert. Birgit, Koljas Mutter, war mitgefahren.
„Ich will zu ihm."
„Er lebt noch, aber die Ärzte sagen, es sieht nicht gut aus", sagte sein Vater.
„Ich fahre hin."
„Wie du willst. Aber ich kann dich nicht fahren. Ich bleibe hier bei Oma und Marie. Deine Großmutter hat der Schreck ganz schön mitgenommen. Das kannst du dir ja denken."
„Ich nehm den Bus."
Sein Großvater lag allein im vordersten Zimmer der Station, nahe am Schwesternzimmer. Sein Gesicht hatte eine gelbliche Färbung. Es gluckerte ein bisschen, wenn er atmete, fast, als würde er gurgeln. Sie hatten ihm einen Sauerstoffschlauch ins Nasenloch gesteckt, sodass es ganz ausgebeult aussah. Birgit war kurz hinausgegangen, um mit dem Arzt zu sprechen.
Ob er ihn hören konnte? Aber hatte nicht eben auch seine Mutter versucht, mit ihm zu sprechen?
„Opa?" Kolja nahm seine Hand und streichelte sie vorsichtig. Die Haut fühlte sich ganz weich und dünn an.
„Opa? Kannst du mich verstehen?"
Die Augenlider hoben sich und sein Großvater sah suchend umher. Dann blieb sein Blick am Gesicht seines Enkels hängen.
„Hallo, Opa." Kolja lächelte erleichtert. Die Augen schlossen sich wieder für einen kurzen Moment.
„Ist deine Großmutter mitgekommen?" Der Großvater hustete. Es hörte sich furchtbar an.
„Nein. Aber morgen bringe ich sie mit. Das verspreche ich." Der alte Mann lächelte.

„So viel Zeit ist nicht mehr.“
„Aber …“
„Kannst du ihr etwas Wichtiges von mir sagen?“
„Natürlich. Aber …“
„Sag ihr, dass ich nichts mit der Sache … mit Simon Goldblums Verschwinden zu tun hatte …“ Er hustete wieder.
„… dass es mir leid tut, was passiert ist. Nur das. Sie wird es verstehen. Bitte. Sag ihr das. Doch. Noch etwas. Dass ich glücklich darüber bin, dass sie nicht gegangen ist. Dass sie trotz allem bei mir geblieben ist. Hast du das verstanden?“
Er blickte Kolja so lange an, bis dieser nickte. Dann schloss er wieder die Augen.
Die Tür klappte. Birgit kam mit dem Arzt herein. Ihre Augen waren rot vor Anstrengung, die Tränen zurückzuhalten. Als wolle sie sie für später aufbewahren.
„Ich werde es ihr sagen. Versprochen“, sagte Kolja.
Als er nach Hause fuhr – seine Mutter wollte auch in der Nacht bei ihrem Vater bleiben – schlief sein Großvater ruhig.
Oma saß wie immer auf ihrem Sofa in der Küche. Sie war allein. Sein Vater brachte gerade Marie zu Bett. Das alte Gesicht sah seltsam abgeklärt aus. Als wäre nun etwas vorbei, überstanden, auf dass sie gewartet hatte. Ihr Blick ging starr durch Kolja hindurch. Er setzte sich zu ihr und legte den Arm um ihre knochigen Schultern.
„Ist er tot?“
„Nein. Als ich ging, schlief er.“ Kolja räusperte sich.
„Ich soll dir etwas von ihm sagen.“
„Du hast mit ihm gesprochen?“
„Nur ganz kurz. Er braucht viel Ruhe.“
„Was hat er gesagt?“ Kolja wiederholte es Wort für Wort. Auf der Heimfahrt hatte er es für sich ein paar Mal im Gedächtnis aufgesagt, um nichts zu vergessen.
Eine Weile saß sie ganz still. Dann ging ein Zittern durch ihren

Körper. Sie schluchzte laut auf. Es war das erste Mal, dass er seine Oma weinen sah. Hilflos saß er dabei und hielt die alte Frau, die nicht aufhören wollte zu weinen. Schließlich wurde das Schluchzen ruhiger. Sie atmete tief durch die Nase. Ihre Stimme war erstaunlich fest, als sie sagte:
„Bring mir die angebrochene Weinflasche von Opas Tablett."
Er holte sie und brachte zwei Gläser mit.
„Du fragst dich sicher, was es zu bedeuten hat."
„Du musst mir nichts erklären. Es war ja nur für dich bestimmt."
„Ich will es aber." Sie führte das Glas zum Mund und trank ein paar Schlucke.
„Ich muss mit jemandem darüber reden." Dennoch dauerte es noch ein paar Minuten, bis sie anfing.
„Auch wenn er es jetzt anders sagt – es wäre besser gewesen, ich hätte es damals getan. Weggehen, meine ich. Es hätte uns beiden viel erspart."
Kolja sagte nichts. Er sah, dass sie mit ihren Gedanken weit in der Vergangenheit war.
„Dein Großvater und ich waren noch nicht sehr lange verheiratet. Georg wurde wegen seinem krummen Arm nicht eingezogen. Es ist nämlich gar keine Kriegsverletzung, weißt du. Er ist als Junge vom Baum gefallen, und es ist einfach nicht richtig zusammengewachsen. Es hat ihm ziemlich zu schaffen gemacht, dass er nicht mit in den Krieg ziehen und kämpfen konnte. Er wurde unausstehlich. Wir stritten uns ständig, und unsere Ehe bestand nur noch auf dem Papier. Wir entfernten uns immer weiter voneinander. Und abends wurde es immer später, wenn er nach Hause kam." Sie seufzte zittrig. Kolja füllte das Weinglas auf. Sie nickte dankbar und trank.
„Irgendwann passierte dann das Übliche. Ich begegnete einem Mann. Und verliebte mich in ihn.Unsere zerrüttete Ehe und der Krieg waren der beste Boden dafür. Ich suchte Liebe und Trost,

die mir Georg nicht geben konnte. Simon hatte eine Schreinerei in der Wolfsgasse, wo heute das Edeka-Geschäft ist. Dort trafen wir uns, wenn Georg abends weg war. Für den Fall, dass er vor mir nach Hause kam, beschaffte mir eine gute Freundin ein Alibi. Ich sagte dann immer, ich sei bei ihr gewesen. Meine Freundin kennst du. Sie ist die Großmutter von Lili."
Kolja sah sie erstaunt an.
„Marie-Luise Rebstock war deine Freundin? Aber … warum besucht ihr euch denn nicht mehr?"
„Ich wollte an nichts, was geschehen war, erinnert werden. Und Georg auch nicht."
„An was? Deine Beziehung zu diesem Mann?"
„Auch das. Aber vor allem an das, was danach passierte." Wieder nippte sie am Weinglas. Es war offensichtlich, dass es ihr schwerfiel, darüber zu reden.
„Irgendwann war es soweit, dass ich Georg verlassen wollte. Es wurde immer schlimmer mit unseren Streitigkeiten. Ich hielt es nicht mehr aus und wollte mit Simon weggehen. Schließlich stellte mich dein Großvater zur Rede. Plötzlich war er misstrauisch geworden. Dabei hat ihn die ganze Zeit nicht *wirklich* interessiert, was ich mache. Er glaubte nicht mehr, dass ich mich so häufig mit meiner Freundin traf. Wo ich denn abends immer hinging, wollte er wissen. Ich wich ihm aus und blieb bei meiner Ausrede. Ich hatte keine Kraft mehr zum Streiten. Außerdem liebte ich ihn immer noch, jedenfalls den Mann, der er vor dem Krieg gewesen war. Er sagte, wenn ich jetzt gehen würde, bräuchte ich nicht mehr wiederzukommen. Ich blieb, weil ich mir selbst noch richtig über alles klarwerden wollte und weil ich erst noch mit Simon reden wollte. Am nächsten Tag erfuhr ich, dass Simons Werkstatt abgebrannt war. Er selbst war verschwunden."
„Was ist mit ihm geschehen?"
„Was mit allen passiert ist. Simon war Jude."

Kolja sagte nichts. Sein Hals war ihm eng geworden. Doch er brauchte nichts zu sagen. Seine Großmutter war noch nicht am Ende.

„Danach haben wir einfach weiter gemacht, wie bisher. Wir haben nie wieder über die Vergangenheit gesprochen. Der Krieg, und alles, was damit zusammenhing, war weit weg. Später kam dann deine Mutter zur Welt, und ich widmete mich ganz dem Familienleben. Ich verbot mir jeden Gedanken an das, was geschehen war, und Georg machte nie wieder auch nur die kleinste Andeutung, dass er mit mir darüber reden wollte. Aber trotzdem standen die ganze Zeit immer zwei Fragen zwischen uns. Ich wollte es zwar nicht wahrhaben, aber immer wieder kam die Vermutung hoch, dass Georg an Simons Verschwinden irgendwie beteiligt gewesen sein könnte. Und Georg – er musste sich die ganzen Jahre gefragt haben, ob ich wohl wirklich gegangen wäre, wenn ich die Möglichkeit dazu gehabt hätte." Die Finger ihrer linken Hand kneteten verzweifelt ihren gelähmten Arm.

„Und er hatte zeitlebens damit zu kämpfen, dass er froh war über die Umstände, die für Simons Verschwinden gesorgt haben. Er war froh, dass er fort war."

Am nächsten Morgen, sehr früh, brachten Kolja und sein Vater Oma ins Krankenhaus. Großvater hatte Unrecht gehabt. Es blieb noch Zeit. Oma blieb vielleicht eine halbe Stunde bei ihm. Was die beiden miteinander sprachen, erfuhr niemand. Es ging auch keinen etwas an. Aber die Falten in Omas Gesicht wirkten weniger hart, als sie herauskam. Am Nachmittag starb Koljas Großvater.

Die Tage, die folgten, waren angefüllt mit dem, was alle erwartet, die einen Angehörigen verlieren. Vieles musste erledigt werden, sodass kaum Zeit für Trauer blieb. Trotzdem sah Kolja Lili weiter, fast jeden Tag. In dieser Zeit sehnte er sich besonders nach ihrer Nähe. Und sie war glücklich darüber, dass er sich nicht einigelte, sie nicht aussperrte. Sie redeten nicht viel. Dass der andere da war und sich wohl fühlte, war genug. Kolja besuchte weiter den Kurs. Es waren jetzt nur noch wenige Stunden, dann sollte der Aufbaukurs beginnen. Er hatte noch nicht mit seinem Vater darüber gesprochen. Aber Kolja war sich sicher, dass er nichts dagegen hatte, wenn er weiter hinging. Er selbst hingegen war sich jedoch nicht sicher, ob er es auch wollte. Mit Tom sprach er kein Wort mehr. Und Kovacs Psycho-Baggerei ging ihm zunehmend auf den Geist.

11 VON OYEN TRIFFT STRAWBERRY

Wie schon erwähnt, war Kolja nicht gerade Kovacs Liebling. Deshalb wunderte es ihn nicht wenig, als Kovac ihn ein paar Tage später während des Kurses beiseite nahm und sagte, von Oyen würde sich gerne einmal mit ihm unterhalten. Er – Kovac – habe bereits mit dem Mäzen über ihn gesprochen. Heute Abend gegen sieben. Wenn es ihm recht sei. Um Koljas Verwirrung vollkommen zu machen, lächelte der Lehrer ihn dabei wohlwollend an. Kurz darauf sah er Tom in Kovacs Büro verschwinden. Als Kolja ihn nach etwa einer Viertelstunde wieder herauskommen sah, glaubte er zu erkennen, dass Tom verheulte Augen hatte. Sein Verdacht wurde noch erhärtet, als Tom seine Sachen packte und wortlos das Atelier verließ. Einem Impuls folgend, wollte er ihm zuerst nachgehen, doch dann hatte er plötzlich wieder die Szene vor Toms Staffelei vor Augen, und er überlegte es sich anders.

An diesem Nachmittag kündigte sich in der Rebstock-Villa hoher Besuch an. Der große Mäzen wollte seine Aufwartung machen. Ganz spontan.
„Was kann der nur wollen?", fragte Jack seine Tochter, als er ihr von dem bevorstehenden Besuch erzählte. Von Oyen hatte ihn um die Mittagszeit angerufen und lediglich gesagt, er wolle sich einmal mit ihm unterhalten.
Lili zuckte die Schultern.
„Wirklich – keine Ahnung. Wart's halt ab."

Gegen vier Uhr klingelte es an der Tür. Der Mäzen war, wie immer, ganz in schwarz gekleidet. Jack führte ihn ins Wohnzimmer.
„Bitte setzen Sie sich doch. Darf ich Ihnen etwas zu trinken anbieten? Eine Cola vielleicht? Bier, Wasser?“, sagte Lilis Vater höflich. – „Ein Wasser wäre nett.“
Von Oyen fläzte sich in dem großen Ohrensessel von Marie-Luise. Genüsslich streckte er seine langen Beine aus und klappte sie wieder ein. Unwillkürlich drängte sich Lili das Bild einer Gottesanbeterin auf, die ihre Fangarme einzieht.
„Nettes Kind“, attestierte der Kunstkenner ihrem Vater, als dieser ihm das Glas vorsetzte. Und dann zu ihr gewandt: „Malst du vielleicht auch?“
„Nein“, antwortete sie knapp. Der Mensch war ihr auf Anhieb unsympathisch. So etwas geschah nur selten. Aber wenn, konnte sie nichts dagegen machen.
„Vielleicht interessierst du dich mehr für Musik? Tanzen? Wir wollen demnächst auch einen Workshop Jazz-Dance machen.“
„Nichts für mich.“
„Na, du könntest dir ja mal unser Programm ansehen. Vielleicht ist ja doch etwas für dich dabei“, sagte er freundlich.
Lili ging nicht darauf ein. Sie wechselte das Thema.
„Was wollten Sie denn nun von meinem Vater? Oder störe ich?“
Von Oyen verzog den Mund zu einem Bedauern. In dieser Stellung sah er aus wie ein Fisch, der nach Luft schnappt. Doch bevor er etwas erwidern konnte, sagte Jack schnell: „Setz dich. Du störst keineswegs.“
Von Oyen klappte den Mund wieder zu.
„Kommen wir zur Sache“, sagte Jack. „Ich habe heute leider nicht so viel Zeit.“
„Ach, Sie müssen wohl noch einiges zeichnen, wie?“
Lilis Vater antwortete nicht, sondern sah sein Gegenüber nur abwartend an.

„Also, Herr Strawberry, wir sind gerade dabei, unser Kursprogramm für das kommende Semester festzulegen. Wir haben uns überlegt, dass wir noch mehr Angebote für Jugendliche machen möchten."
Er machte eine kurze Pause und sah Jack abwartend an. Als dieser nichts sagte, fuhr er fort.
„Ein lockeres Programm für die Oster- und Sommerferien. Unter anderem dachten wir da an einen Comic-Workshop. Sie haben doch mal als Comic-Zeichner gearbeitet? Und da dachten wir, es wäre doch eine tolle Sache, wenn *Sie* einen solchen Kurs leiten würden."
Jack lächelte unverbindlich. Sein Blick war der einer Katze, die sieht, dass sich im Dunkeln etwas bewegt.
„Das ist wirklich ein sehr nettes Angebot von Ihrer Seite. Und eine große Ehre für mich. Wie ich hörte, sollen ja nur sehr gute Dozenten für Sie arbeiten. Aber ich weiß nicht, ob ich Ihre Anforderungen erfüllen kann."
„Na hören Sie mal! So ein Profi wie Sie? Mit Ihrer Erfahrung? Ich bitte Sie!"
„Nun gut." Jack stand auf. Er lächelte immer noch, als er von Oyen zur Tür geleitete. „Ich werde mir Ihren Vorschlag durch den Kopf gehen lassen. Sie hören dann von mir. Jetzt müssen Sie mich leider entschuldigen, ich habe noch zu arbeiten."
Lilis Vater hatte die Kraft, die Türe leise hinter dem Gast zu schließen. Als er sich umdrehte, war sein Gesicht so dunkel und ausgebrannt wie ein Stück Holzkohle. Die Augenbrauen waren zusammengezogen und seine Lippen fest aufeinander gepresst.
„So ein Profi wie ich? Woher kann er das alles wissen?" Er sah Lili an. Sie stand gegen das Treppengeländer gelehnt und war sehr blass.

Tom saß auf der ersten Station des Kreuzwegs und wartete auf

ihn. Zuerst war Kolja versucht, einfach weiterzufahren. Er hatte keine Lust auf Streit. Doch als Tom sich erhob und ihn ansah, bremste er scharf sein Fahrrad und stieg ab.
„Was wollte Kovac von dir?“, fragte Tom geradeheraus.
„Was geht dich das an?“
„Sag schon.“
„Hast du vergessen? Ich bin's, Kolja. Du hattest dir vorgenommen, nicht mehr mit mir zu reden.“
„Ich rede aber jetzt mit dir.“
Kolja blickte Tom fest in die Augen. Es erschreckte ihn, was er darin sah. Der reine, blanke Hass stand darin. Reden war unmöglich geworden. Er versuchte es trotzdem. Ein letztes Mal.
„Sag mal, ist irgendwas passiert, was ich nicht mitbekommen habe? Was ist nur los mit dir? Das alles nur wegen dieser Scheiß-Prügelei?“
„Mach dich nicht lächerlich.“
„Wie bitte?“
„Was wollte Kovac von dir?“
Kolja sagte es ihm. Toms braune Augen wurden fast schwarz.
„Na. Da hast du es ja doch noch geschafft, dich bei ihm einzuschleimen“, zischte er.
Jetzt hatte Kolja endgültig die Nase voll.
„Du hast sie wohl nicht mehr alle? Du hast doch wohl selber mitbekommen, dass er an mir und meinen Bildern nur herumkritisiert. *Du* bist doch sein großer Star. Tom Rudloff hier, Tom Rudloff da. Nehmt euch ein Beispiel an Thomas Rudloff“, äffte Kolja den Kursleiter nach.
„Na also, bitte!“ Toms Stimme troff vor ätzendem Spott. „Ich hab doch gewusst, dass du eifersüchtig bist. Hat dir wohl keine Ruhe gelassen, was? Dass dein dämlicher Freund besser ist als du. Na – jetzt ist es ja geschafft. Ich bin raus.“
Kolja konnte vor Empörung und Zorn kaum sprechen.
„Was soll das heißen?“

„Na, was wohl. Jetzt bist du der King. Du bekommst Einzelunterricht. Der Mäzen wird ihn dir persönlich verabreichen – dir, seiner ‚großen Entdeckung'. So hat er es mit mir auch gemacht. Und jetzt lässt er mich fallen. Er hat ja jetzt dich. Ich wünsch dir viel Glück."
Kolja sah sprachlos zu, wie Tom sich mit wutverzerrtem Gesicht umdrehte und ihn stehen ließ. Er setzte sich auf sein Fahrrad und raste wie ein Irrer davon. Kolja stand fast bewegungslos da. Er war völlig perplex. Doch dann packte ihn die Wut. Wenn sich dieser bescheuerte Heini so was einredet – was kann ich dafür, dachte er. Tom war wohl nicht zu helfen. Er hatte eindeutig einen Knall.
Als Kolja noch immer einigermaßen verwirrt nach Hause kam, klingelte schon das Telefon. Lili verzichtete auf jegliche Begrüßungsfloskeln und fiel direkt mit der Tür ins Haus.
„Hast du irgend jemandem davon erzählt, dass mein Vater früher Comics gemacht hat?"
Ihre Stimme klang irgendwie gehetzt. Das machte Kolja hellhörig. Er würde sie etwas zappeln lassen.
„Nicht, dass ich wüsste. Wieso? Ist das ein Geheimnis?"
„Nein ... das nicht. Aber mein Vater möchte eben nicht, dass es jemand weiß. Denk doch mal nach. Hast du es vielleicht in irgendeinem Gespräch erwähnt? Es ist sehr wichtig für mich."
„Was ist daran so wichtig?"
Lilis Stimme wurde flehend.
„Bitte. Ich kann es dir jetzt nicht erklären. Später vielleicht. Also, was ist?"
„Nein. Ich hab keinem was darüber gesagt", sagte Kolja knapp. Ebensogut könnte ich mit dem Kopf gegen eine Backsteinmauer rennen, dachte er. Schon wieder war da dieses Gefühl, dass Lili ihm etwas verschwieg. Und das verletzte ihn. Er hatte gehofft, sie würde ihm inzwischen vertrauen.
„Bist du ganz sicher?"

„Ja, verdammt."
Am anderen Ende der Leitung blieb es eine Weile still.
„Kolja. Es tut mir leid. Ich werde es dir irgendwann einmal erklären. Bist du böse?"
„Nein. Schon okay", log er. „Du, ich muss jetzt Schluss machen. Hab noch einen Termin im Kloster."
Wieder war es eine Zeit lang still am anderen Ende der Leitung.
„Jetzt noch? Ich dachte, die Kurse sind nachmittags?"
„Von Oyen will irgendwas von mir. Ich weiß auch noch nicht was. Jedenfalls soll ich gleich zu ihm kommen."
Lili zog scharf die Luft durch die Nase. Kolja hörte es ganz deutlich.
„Ja, dann. Ich will dich nicht länger aufhalten. Sehen wir uns danach noch?"
„Ich weiß nicht. Kann sein, dass es länger dauert. Ist wohl besser, wir sehen uns morgen."
Kolja war immer noch sauer, sonst hätte er bestimmt zugestimmt.
„Was hältst du von vier Uhr?"
„Treffen wir uns am Fluss?"
„Ist in Ordnung. Bis dann."
Er legte auf.

Als Kolja den Marktplatz überquerte, sah er Janine auf einer Bank an der Bushaltestelle sitzen. Zuerst erkannte sie Kola gar nicht. Sie saß vornübergebeugt und stützte ihre Stirn auf beide Hände. Die langen Haare fielen wie ein Vorhang herunter und verdeckten ihr Gesicht. Er ging auf sie zu.
„Hey, du bist noch hier?"
Sie lächelte. „Ja, ich war noch so lang im Kloster. Aber mein Bus kommt erst in einer knappen Stunde. Setz dich doch, wenn du Zeit hast. Dann können wir ein bisschen quatschen. Alleine zu warten ist so öde."

Kolja dachte einen Moment lang nach. Vielleicht wusste Janine ja, was mit Tom los war. Immerhin hingen die beiden oft zusammen. Er konnte sich nicht erinnern, Tom jemals so erlebt zu haben. Jedenfalls nicht wegen so einem Mist. Immerhin waren sie seit fast vier Jahren befreundet gewesen.
Er sah auf seine Uhr. Viertel vor sechs. Bis er zu von Oyen musste, blieb also noch etwas Zeit.
„Wir könnten grade rüber zu Lopez gehen, ist doch direkt um die Ecke. Hast du Lust?"
Sie strahlte.
„Gern, ich geb sogar 'nen Milch-Shake aus."
Wenig später saßen sie in einer gemütlichen Nische des Eiscafés in der Nähe des Fensters. Jeder von ihnen hatte einen schaumigen Bananenshake vor sich stehen. Kolja nahm ein paar Schlucke und beschloss, nicht lange um das Thema herumzureden.
„Sag mal, was ist eigentlich mit Tom los? Ihr scheint doch ziemlich eng miteinander zu sein. Hat er dir gegenüber vielleicht etwas gesagt, was mich betrifft?"
Abrupt schob sie ihren Becher von sich, ließ sich in den Stuhl zurückfallen und verzog den Mund.
„Jetzt fängst du auch noch damit an", sagte sie genervt. „Wie kommt ihr eigentlich alle darauf, dass ich mit ihm was habe?"
„Entschuldige mal. Ich hab nur gesagt, dass ihr offenbar befreundet seid. Sonst nichts. Du liebe Güte, was bist du empfindlich! Hab ich was Falsches gesagt?"
Sie seufzte. Es klang resigniert. „Nein, nein. Ist schon okay. Aber alle Welt scheint zu glauben, dass Tom und ich das ideale Paar wären. Kovac eingeschlossen. Und Tom jetzt wohl auch. Und das geht mir eben tierisch auf den Geist."
„Kovac, wieso?"
„Ach, das ist jetzt egal. Aber Tom hat sich wohl wirklich eingebildet, dass zwischen uns was läuft. Und heute habe ich ihm

klipp und klar gesagt, dass das eben nicht so ist. Er ist nun mal nicht mein Typ."
„Hat ihn wohl ziemlich mitgenommen. Als ich ihn eben traf, war er ganz schön komisch drauf."
„Ach was, der hat ganz andere Sorgen. Sein Vater hat ihm gestern gesagt, dass er den zweiten Zusatzkurs abends nicht bezahlen kann. Du weißt ja selber, dass sie nicht so viel Geld haben. Aber sein Alter wollte ihm eben eine reelle Chance geben, was aus sich zu machen. Denn begabt ist Tom ja wirklich. Aber die Kurse sind teuer. Den zweiten konnte er einfach nicht bezahlen. Jedenfalls nicht sofort. Und auf eine spätere Bezahlung hat sich von Oyen wohl nicht eingelassen."
Zusatzkurs? Abends? Davon hörte Kolja zum ersten Mal. Vielleicht war es ja das, was der Mäzen ihm vorschlagen wollte. Und Tom hatte offensichtlich genügend Probleme. Kein Wunder, dass er so mies drauf war. Sein Vater konnte den nächsten Kurs nicht bezahlen, an dem Tom so viel lag, das Mädchen, in das er verliebt war, erteilt ihm eine Abfuhr und sein liebster Feind, Kolja, sollte offenbar an seiner Stelle von dem Mäzen gefördert werden. Das reichte, um einem den Tag zu versauen. Morgen war Wochenende. Er würde zu ihm gehen und doch noch mal versuchen, mit ihm zu sprechen. Das war doch einfach zu blöd.
„Was kosten die Kurse denn?", fragte er dann.
„Also für mich hat mein Vater für den ersten Abendkurs eintausenddreihundert Mark bezahlt. Und weil von Oyen meint, ich sei so was wie ein verkapptes Genie …" – sie grinste – „… hat er meinen Vater bequatscht, auch noch den zweiten Kurs zu bezahlen. Tja, ich muss eben nur richtig gefördert werden, dann komme ich ganz groß raus." Das Grinsen wurde etwas leidend.
„Und was kostet dieser zweite Kurs?"
„Zweitausendvierhundert Mark."

„Also fast doppelt so teuer!“
„Ja, schon. Aber es ist ein Intensivkurs. Geht über eine Woche in den Ferien. Er ist auch nicht im Kloster, sondern auf einem Schiff.“
„Was geht da so ab?“
„Man lernt eben gewisse Techniken, um seine Energien zu bündeln, schädliche Emotionen zu beseitigen und Gefühle ganz gezielt einzusetzen.“
Gefühlstechniken? Bei dem Wort allein zogen sich Kolja sämtliche Halsmuskeln zusammen. Seit wann hatten Gefühle etwas mit Technik zu tun? Doch er ließ sich seinen Widerwillen nicht anmerken. Janine konnte ihm etwas über diese Kurse erzählen. Über sie konnte er mehr über das erfahren, was dort eigentlich ablief. Deshalb bemühte er sich um einen möglichst neutralen Tonfall, als er weiter fragte.
„Du weißt ja, ich habe noch keine Ahnung davon. Aber ich glaube, von Oyen will mir auch den Vorschlag machen, an so einem Sonderkurs teilzunehmen. Ich bin gleich mit ihm verabredet. Ich wüsste gerne, was mich erwartet. Könntest du mir vielleicht ein Beispiel geben, was du damit meinst?“
Janine lehnte sich zurück und sah ihn einen Moment lang prüfend an. „Also gut, was soll's. Du wirst ja eh eingeweiht. Wenn dich zum Beispiel jemand annervt und dir was will, dann bist du extra-freundlich und lächelst so nett, wie es nur geht. Damit verunsicherst du den anderen total. Das nennt man dann *love-cocooning.*“
Fast hätte sich Kolja an seinem Milch-Shake verschluckt. Er hustete. „*Cocoo*-was?“
„*Cocooning.* Na eben von Kokon, wegen dem Einwickeln. Kapierst du's jetzt?“
„Ja“, sagte Kolja. „Mir scheint, so langsam fange ich tatsächlich an zu kapieren.“ Die Art, wie er das betonte, überraschte Janine etwas. Deshalb fragte sie:

„Was wolltest du eigentlich eben von mir? Was wolltest du wegen Tom?"
„Ach, nichts weiter. Er bildet sich wohl ein, dass ich ihn ausstechen will. Ich wundere mich nur darüber, wie sehr er mich spüren lässt, dass er mich nicht abkann. Immerhin waren wir mal Freunde."
Janine winkte ab.
„Du, das musst du nicht persönlich nehmen. Weißt du, die Sitzungen helfen einem auch dabei, festzustellen, wer gut für einen ist und wer nicht.Vielleicht hat Tom ja beim *Coachen* für sich festgestellt, dass du ihm eher im Weg stehst, als ihn weiterzubringen. Und wenn dem so ist, dann muss man halt ganz harte Grenzen ziehen. Mach dir nichts draus. Ich jedenfalls kann dich ganz gut leiden", sagte sie und lächelte kokett.
Kolja bekam eine Gänsehaut. So war das also. Jetzt wurde ihm Toms Verhalten allmählich klar. Man hatte ihm weisgemacht, dass er, Kolja, nicht gut für ihn war. Beim *Coachen.* Auch das Wort kannte Kolja bislang nur vom amerikanischen Sport. Der *Coach* war der Trainer.
„Na, da bin ich ja beruhigt", sagte er lahm und dachte: Harte Grenzen ziehen? Was sollte das? Entweder war man befreundet oder nicht. Dass man sich wegen einer Sache stritt, gehörte doch wohl zur Freundschaft dazu, oder etwa nicht? Man durfte doch wohl noch anderer Meinung sein. Deshalb brauchte man dem anderen doch nicht gleich die ganze Kiste vor die Füße zu schmeißen.
Janine merkte wohl, dass Kolja nicht so ganz überzeugt war, ahnte aber nichts von der Wut, die sich so langsam in ihm breit machte.
„Hey, nimm's nicht so tragisch. Freunde gibt's wie Sand am Meer. Man muss sich nur die richtigen aussuchen."
„Und dann testet man erst mal, ob die Energien harmonieren, oder was?"

Der beißende Spott in Koljas Stimme war nicht zu überhören. Janine war verunsichert. Bevor sie etwas sagen konnte, sah er noch einmal auf seine Uhr.
„Oh, ich muss los. Du musst dich auch beeilen, wenn du deinen Bus noch bekommen willst. Danke für die Einladung."
So freundlich es ging, nickte er dem Mädchen noch einmal zu und beeilte sich, nach draußen zu kommen. Er brauchte frische Luft.

12 EIN BEUNRUHIGENDES GESPRÄCH

Das Hauptgebäude des Klosters wirkte etwas düster im Vergleich zu dem Trakt, in dem die Seminare liefen. Eine dickliche Frau mit rotgetönten Haaren öffnete ihm. Kolja kannte sie. Sie lebte in seiner unmittelbaren Nachbarschaft. Als von Oyen hierhergezogen war, hatte er sie als Haushälterin eingestellt.
„Ach nein, der junge Herr Zobel", flötete sie. „Was machst du denn hier?"
„Tag, Frau Schlömer. Ich sollte so gegen sieben hier sein. Herr von Oyen wollte mich sprechen. Ich bin zwar etwas früh …"
„Ach ja. Gut. Pass auf – ich würde dich ja selber hinführen, aber ich habe gerade was auf dem Herd. Du gehst einfach die Treppe in den ersten Stock hoch, dann links den Gang runter, durch die schwere Holztür, und dann ist es die zweite Türe links. Findest du das?"
„Kein Problem. Ich werde mich schon zurechtfinden. Ansonsten schreie ich laut um Hilfe", grinste Kolja.
„Dann ist's gut", lächelte Frau Schlömer und machte sich schnellen Schrittes wieder auf den Weg in die Küche.

Oben stand die große Holztür offen, von der die Haushälterin gesprochen hatte. Als Kolja hindurchging und sich dem Arbeitszimmer von Oyens näherte, hörte er schon dessen gedämpfte Stimme. Die Türe war nur angelehnt, deshalb konnte er die Worte, die ihn davon abhielten, anzuklopfen, deutlich hören.

„Ja. Strawberry ist hier. Ich habe schon Kontakt aufgenommen. Ich glaube nicht, dass er Verdacht geschöpft hat. Was ist mit Stillwell? Habt ihr noch etwas bei ihm finden können, bevor ...?"
Koljas Mund wurde trocken. Er versuchte, sich nicht zu bewegen.
„Ja. Möglich, dass er sich vorher noch mit Strawberry in Verbindung setzen konnte."
Eine Weile blieb es still.
„Ich könnte schon. Aber glauben Sie nicht, dass es sinnvoller wäre, jemand anders würde sich darum kümmern? Ich meine – nicht dass ich es nicht machen wollte – aber wenn es durch einen dummen Zufall bemerkt wird, könnte ich hier meine Sachen packen. Wäre doch schade um das Projekt. Ja – es läuft ganz ausgezeichnet. Gleich kommt der Freund von Strawberrys Tochter zu mir. Wie es der Zufall wollte, ist er in Kovacs Kurs. Vielleicht kann er uns noch nützlich sein."
Wieder eine kurze Pause. Kolja wagte kaum zu atmen. Er brauchte nicht seine Phantasie zu bemühen, um zu merken, dass hier etwas lief, was absolut nicht in Ordnung war. Und es hatte mit Lili zu tun. Und wie es schien, auch mit ihm selbst.
„Na bitte, wenn er sowieso schon unterwegs ist, kann er das ja erledigen. Wann wird er hier sein? Gut. Aber er soll sich auf jeden Fall vom Kloster fernhalten. Ich möchte nicht damit in Verbindung gebracht werden."
Kolja hatte das Gefühl, dass das Telefongespräch sich seinem Ende näherte, und schlich sich so leise wie möglich den Flur zurück. Mit einem lauten Knall ließ er die schwere Tür ins Schloss fallen und bemühte sich – wenn seine Sandalen dies auch erschwerten – so laut wie möglich aufzutreten, als er sich wieder in Richtung Arbeitszimmer bewegte.
Er hörte noch ein paar hektisch gezischelte Worte, die für ihn unverständlich waren, dann klopfte er an.

„Ja – herein." Der Mäzen sah ihm mit entspanntem Lächeln entgegen. „Komm nur rein. Von dir hört man ja geradezu Erstaunliches."

Kolja schluckte trocken. Ungeschickt ließ er sich auf dem lederbespannten Stuhl vor von Oyens Schreibtisch nieder, der ihm angewiesen wurde.

„Ja – setz dich, setz dich. Man sieht dir an, dass du keine Ahnung hast, worauf ich hinauswill. Stimmt doch, oder?"

„Nicht im Geringsten", erwiderte Kolja und grinste zutraulich. Seine Stimme klang wie ein Reibeisen, und er räusperte sich ein paar Mal. Er schlug die Beine übereinander und versuchte, so gelassen wie möglich zu wirken.

„Also", begann von Oyen. „Ich will gar nicht lange drumherum reden. Kovac ist begeistert von deinen Arbeiten. Er sagt dir eine große Zukunft als Künstler voraus. Und ich übrigens auch. Ich habe mir mit ihm ein paar deiner Bilder angesehen und bin mit Kovac vollkommen einer Meinung. Du hast nicht nur Talent, du bist auch ein sehr genauer Beobachter. Natürlich – auch die anderen sind mehr oder weniger begabt. Aber du besitzt zwei Eigenschaften, die sie sich auch mit noch so viel Arbeit nicht aneignen können. Zum einen hast du eine ganz besondere Sichtweise der Dinge. So etwas lässt sich nicht antrainieren. Das andere – du hast eine sehr starke Ausdruckskraft. Und wenn jemand diese Attribute besitzt, darf er auf keinen Fall weiter alleine vor sich hin wursteln. Er muss besonders gefördert werden. Ich habe also beschlossen, dir Einzelunterricht zu erteilen. Das heißt – wenn du Interesse hast."

In Kolja tobte ein wahrer Tornado unterschiedlicher Gefühle. Wenn diese Worte auch das waren, was er sich lange erhofft hatte zu hören, so klangen sie doch falsch in seinen Ohren. Hätte er nicht zuvor das Telefongespräch belauscht, hätte er sich jetzt wohl ziemlich aufgeregt. Doch wenn er daran dach-

te, was Janine ihm eben erzählt hatte, wurde ihm das Ganze immer unheimlicher. So blieb er relativ ruhig.
„Ich habe noch gar nicht bemerkt, dass Kovac meine Bilder so gut fand", sagte er. „Er hat nie etwas in dieser Richtung gesagt."
„Ach, weißt du – das ist immer so bei ihm, wenn er ein wahres Talent entdeckt. Er beobachtet eben lieber erst einmal, bevor er etwas sagt. Aber wenn er sich dann äußert, kannst du davon ausgehen, dass er sich nicht irrt."
Kolja lächelte, bis alle Gesichtsmuskeln schmerzten. Ich muss hier weg. Mit Lili sprechen, dachte er.
„Also, was ist? Würdest du wollen?"
„Ich muss erst noch mit meinen Eltern sprechen. Ich weiß nicht, ob sie damit einverstanden sind, wegen der Schule und so …", sagte Kolja ausweichend.
Von Oyen lehnte sich über seinen Schreibtisch und sah ihn an. Er hatte wieder seine dunkle Brille auf.
„Wenn nicht, werde *ich* eben mit ihnen sprechen. Es kann nicht angehen, dass jemand mit deinem Talent unterfordert wird. Hab keine Sorge – das werde ich deinen Eltern schon beibringen. Oder gibt es noch andere Gründe, die dagegen sprechen? Wenn es die Zeit ist – kein Problem. Wir werden die Sitzungen so flexibel wie möglich halten. Wir sind an keinen festen Zeitplan gebunden. Du wirst also noch genügend Raum für deine Freundin haben."
Die Pause, die er machte, war kaum wahrnehmbar. Doch Kolja registrierte sie.
„Du hast doch sicher eine? Klar hast du – so wie du aussiehst."
Kolja antwortete nicht. Er war zu durcheinander.
„Na – wie dem auch sei. Wir werden das schon machen. Weißt du, jeder Mensch ist zu viel mehr fähig, als er selbst es für möglich hält. Doch leider gehen mit der Zeit, wenn man nicht aufpasst, viele Talente, die man besitzt, verloren. Nein – verloren ist nicht der richtige Ausdruck. Eher kann man wohl von

‚verschüttet' sprechen. Doch es gibt da eine Methode, mit der man an diese Ressourcen wieder herankommt. Du wirst erstaunt sein, was noch alles in dir steckt. Ich habe schon sehr gute Erfahrungen damit gemacht. Natürlich mache ich das nicht bei jedem. Du kennst ja bestimmt den Spruch: Viele sind berufen – aber nur wenige sind auserwählt."
Er kicherte. Es hörte sich an, als schrappte jemand mit einem Holzlöffel über rauhes Metall.
„Was für eine Methode wäre denn das?", fragte Kolja.
„Wenn ich dir das jetzt erklären würde, säßen wir in drei Tagen noch hier, und ich habe mich noch um so ein, zwei Kleinigkeiten zu kümmern, weißt du. Du doch sicher auch. Nur so viel: Die Sache ist wissenschaftlich erprobt und hat schon die erstaunlichsten Ergebnisse erziehlt. Du würdest dich wundern, wer schon alles mit Hilfe dieser Methode berufliche Erfolge erzielt hat. Berühmte Leute, große Namen. Du kennst doch sicher X-RoC's oder Craig Williamson?"
Natürlich kannte Kolja sie. X-RoC's war die neue Girl-Group, die in letzter Zeit einige Hits in den Top-Ten landen konnten, Williamson der neue Action-Shooting-Star aus Hollywood.
„Du siehst also, du befindest dich in guter Gesellschaft. Und wenn dir das noch nicht reicht – Tom Rudloff aus deiner Gruppe nimmt schon seit einiger Zeit an diesen Sitzungen teil. Auch er ist – wie du – sehr talentiert, ein ungeschliffener Diamant. Frag ihn doch mal, wie es ihm gefällt."
Tom. Ja. Für ihn schleppte Kolja zuviel negative Energien mit sich herum. Aber jetzt, wo er nützlich für sie werden konnte, da war er plötzlich ein Diamant. Oh Mann, war das mies. Obermies! Er hielt es keine Minute länger mehr auf dem Stuhl aus. Er stand auf.
„Also gut – ich werde Ihnen nach dem Wochenende Bescheid geben. Ich kann mich ja am Montag, kurz bevor der Kurs anfängt, bei Ihnen melden." Auch von Oyen erhob sich.

„Einverstanden. Fein. Ich freu mich also." Er schüttelte Kolja die Hand. Sie war eiskalt. Und verschwitzt.

Als Kolja sich auf sein Rad schwang, hatte er das Gefühl, sein Hirn würde ihm zerquetscht. Er hatte rasende Kopfschmerzen. Auf halber Strecke nach Hause hielt er an. Er setzte sich, gegen einen Baumstamm gelehnt, nieder und schaute den Hügel hinunter, über den der Herbst einen gelben Schimmer gehaucht hatte. Die Luft war perlend frisch. Er strich sich über die Stirn, als könne er dadurch seine wirren Gedanken wegwischen, als könne er die Fragen damit aus seinem Hirn fegen, und sah nach oben. In einem Himmel von friedlichem Blau standen die Wolken wie riesenhafte weiße Wale. Eine ganze Walfamilie. Riesenhafte weiße Geschöpfe, die angesichts ihres ungewohnten Mediums unbeweglich, wie festgemauert, wirkten. Vor diesen Riesen tummelten sich federleichte zarte Wolkengebilde, die langsam, wie ganze Fischschwärme, an den gigantischen Tieren vorbeizogen, ständig ihre Form verändernd durch einen kaum merklichen Windhauch. Kolja atmete tief ein, trank die Luft. Und merkte, wie sein Kopf etwas freier wurde.
Keine Frage. Seine Eltern würden über den Vorschlag des Mäzens erfreut sein. Zumindest, bis sie hörten, was der ganze Spaß kosten sollte. Aber sie waren mittlerweile viel zu stolz darauf, dass ihr Sohn bei so einem berühmten Mann ein und aus ging, als dass sie ein solches Angebot ausschlagen würden. Erst vor ein paar Tagen hatte sein Vater zu ihm gesagt: „Endlich machst du mal was zu Ende."
Und vielleicht gibt von Oyen in meinem besonderen Fall ja auch Rabatt, dachte Kolja bitter.
Wäre die ganze Sache nicht so verwirrend gewesen, hätte er jetzt gelacht. Nun bot sich scheinbar endlich die Gelegenheit, als vielversprechendes Talent gefördert zu werden, und nun wollte Kolja nicht mehr. Er bezweifelte, dass seine Eltern das

verstehen würden. Aber er würde es ihnen schon noch erklären. Alles – die ganze Sache. Doch vorher musste er erst noch herausbekommen, was genau die ganze Sache war.
Von Oyen und noch jemand waren also hinter Strawberry her. Und hinter Lili. Kolja hätte sich ins Knie beißen können, so sehr ärgerte er sich darüber, dass er sich erst morgen mit Lili verabredet hatte. Er musste jetzt sofort zu ihr hin. Er wollte sie zur Rede stellen – geradeheraus. Bevor er mit von Oyen gesprochen hatte, hatte er sich noch vorgenommen, sie ganz vorsichtig aus der Reserve locken. Mit Fingerspitzengefühl. Doch dafür fehlte ihm jetzt die Geduld. Außerdem hatte er so eine Ahnung, es bliebe ihm nicht mehr viel Zeit dazu. Wie war das noch? Irgendjemand wollte kommen und sich um etwas kümmern. Kolja stellten sich die Nackenhaare auf bei dem Gedanken daran, was dieses Etwas sein könnte. Vielleicht würde Lili, wenn er morgen zu dem vereinbarten Treffpunkt am Fluss ging, gar nicht da sein. Vielleicht hätten sie und ihr Vater dann bereits ihre Siebensachen gepackt und wären verschwunden. Verdammt. Das durfte er einfach nicht riskieren.

13 LILIS BERICHT

Lili öffnete die Tür. Sie sah ihn mit großen Augen an.
„Was ist los? Du siehst aus, als hättest du gerade eine Treibjagd hinter dir."
„Ich muss mit dir sprechen – jetzt."
Mit einem rätselhaften Ausdruck in ihren Augen sah sie ihn an.
„Komm rein."
Sie ging voraus in die Küche. Kolja folgte ihr. Wie es aussah, hatte sie gerade mit dem Abwasch begonnen. Auf dem Tisch stapelten sich die Überreste des Abendessens. Kolja räumte ein paar schmutzige Handtücher von einem Holzstuhl und setzte sich. Lili schob das Geschirr etwas beiseite und setzte sich ebenfalls. Abwartend sah sie ihn an. Kolja schien es, dass sie sich innerlich gegen das, was kam, wappnete. Er hielt es für angebracht, nicht lange drumherum zu reden.
„Was denkst du wohl, könnte von Oyen für ein Interesse an deinem Vater haben?"
„Wieso, hat er dich nach ihm gefragt?"
Augenblicklich war alle Ruhe aus Lilis Miene verschwunden. Sie sah ihn mit weit aufgerissenen Augen an.
„Nein, das nicht. Aber ich habe etwas gehört, was ich nicht hören sollte. Rein zufällig, versteht sich. Als ich kam, telefonierte er noch."
„Was hat er gesagt?" Lilis Stimme war fast wie ein Flüstern.
„Ich habe noch keine Antwort auf meine Frage. Was hat dein Vater mit dem Mäzen zu tun?"

Kolja sah Lili an, dass sie mit sich rang. Doch so schnell gab sie nicht nach.
„Ich kann es dir wirklich nicht sagen. Mein Vater hat mir verboten, darüber zu sprechen. Außerdem weiß er es selbst noch nicht genau."
„Wo ist er? Er kann sich mit dazu setzen. Dann hätten wir die Sache gleich ein für alle Mal geklärt", sagte Kolja scharf. Er war wütend. Er hatte diese ganze Geheimnistuerei gründlich satt.
„Er ist nicht da. Er musste zum Flughafen. Einen Freund abholen."
„Heißt dieser Freund vielleicht zufällig Stillwell? Wenn ja, dann glaube ich, dass dein Vater umsonst zum Flughafen gefahren ist. Ich habe so das Gefühl, dass dieser Stillwell nicht kommt."
Jetzt war es mit Lilis Ruhe endgültig vorbei. Sie zuckte zusammen, als habe sie einen Schlag bekommen. Doch nicht nur Angst spiegelte sich in ihren Augen. Kolja erkannte darin eindeutig das Misstrauen.
„Woher kennst du diesen Namen? Woher weißt du von ihm? Was soll das heißen, du glaubst nicht, dass er kommt?"
Kolja lehnte sich betont langsam zurück und schwieg eine Zeitlang. Als er antwortete, war seine Stimme sehr ruhig und sachlich.
„Du erwartest von mir, dass ich dir irgendetwas erzähle? Gut. Dann fang du erst mal an." Er lächelte, doch sein Lächeln erreichte nicht seine Augen. „Du musst mir schon vertrauen. Ich glaube, das ist das Risiko, das jeder eingehen muss, der eine Freundschaft beginnt. Dem anderen zu vertrauen. Weißt du überhaupt, wie das geht?"
Lili sah ihn wortlos, wie um Hilfe bittend an. Doch sie spürte, sie hatte keine Wahl. Sie wandte ihren Blick ab und fixierte die Kerben in der Tischoberfläche. Sie sah aus, als würde sie sich im Zentrum ihres eigenen persönlichen Sturms befinden und gegen Gewalten ankämpfen, die niemand außer ihr selbst wahrnehmen konnte.

Er dachte schon, sie wolle überhaupt nicht mehr sprechen, und schon tat es ihm leid, dass er so aggressiv gewesen war. Er wollte sich gerade für seinen verletzenden Ton bei ihr entschuldigen, da sagte sie leise: „Kolja, ich verspreche dir: Wenn du mir sagst, was *genau* du aufgeschnappt hast, werde ich dir etwas erzählen, dass niemand außer mir, meiner Familie und George Stillwell weiß."
Kolja wußte, dass das Versteckspiel nun ein Ende haben musste. Er erzählte es ihr.
Als er geendet hatte, blieb es eine Weile still. Lili kämpfte mit den Tränen.
„Jetzt glaube ich auch nicht mehr, dass George am Flughafen sein wird."
Sie atmete einmal tief durch die Nase und wischte sich ein paar Haarsträhnen aus der Stirn. Schließlich hatte sie sich wieder gefasst. Kolja sah sie abwartend an.

„Hast du schon mal was von den ‚Färbern' gehört?"
„Färber? Nein ...", sagte er nachdenklich. „Doch, Moment mal! Ist das nicht irgend so eine Sekte?"
„Genau. Eine der vielen Sekten, die sich zum Ziel gesetzt haben, eine menschliche Elite zu schaffen. Man nennt sie hier die „Färber", weil sie einer Glaubensgemeinschaft angehören, die sich *D.Y.E.* nennt. *Dye* ist das englische Wort für *färben*. Die Abkürzung *D.Y.E.* steht für *Dynasty of Young Earth*."
„*Dynastie der jungen Erde*? Ach, du lieber Himmel."
„Ja. Hört sich ziemlich großkotzig an, was? Aber immerhin haben die sich ja vorgenommen, die Welt zu bekehren. Da gibt es ja viele, die behaupten, sie hätten das einzig wahre Rezept für eine bessere Welt. Dabei machen sie sich nur die Unsicherheit und Zukunftsängste der Menschen zunutze. Im Grunde ähneln sich diese Sekten alle auf eine gewisse Weise. Bei den meisten gibt es eine Hierarchie, ein System, in dem man in

immer höhere, verlockendere Dienstgrade aufsteigen kann. Aber es ist ganz anders. Wenn man hinkommt, ist man der King. Erst später merkt man dann, dass man nur ein kleines Rädchen ist in einer Organisation, von der man glaubt, dass sie größer ist, als man selbst – und der man sich freiwillig unterordnet."

„Da wären die bei mir aber an der falschen Adresse. Ich habe keine Lust, mich unterzuordnen."

„Das haben die wenigsten. Aber wenn die Sekte einen mal in die Mangel genommen hat, verändert man sich, ohne es selbst zu merken. Außerdem gibt es mehr Leute, als du denkst, die nur allzu gerne bereit dazu sind, die Verantwortung an jemanden abzugeben, der scheinbar alles im Griff hat. Der alles unter Kontrolle hat. Besonders dann, wenn man ihnen lange genug eingeredet hat, dass sie selbst viel zu schwach und wertlos sind, als dass sie ihr Leben alleine meistern könnten. Es ist leichter, als du denkst, den Menschen so etwas einzureden. Besonders zu einem Zeitpunkt, an dem sie in irgendeiner Krise stecken. Genau dann haben sie die größte Macht über dich. Wenn du am schwächsten bist. Und das ist jeder irgendwann mal."

Kolja runzelte die Stirn.

„Kann ja sein. Aber angenommen, man merkt trotzdem, dass es nicht das Richtige für einen ist. Sind ja schließlich nicht alle so blöd."

„Je länger man da drin ist, umso schwieriger wird es, wieder rauszukommen. Nicht nur, weil es einem die ‚Brüder und Schwestern' auf Biegen und Brechen wieder ausreden wollen. Vor allem wohl, weil man fast alle Brücken zu früheren Freunden, Bekannten und Verwandten abgebrochen hat. Oder weil man schlicht und einfach pleite ist, da man der Sekte fast sein ganzes Geld in den Rachen geschmissen hat. Denn um höhere Weihen zu erhalten, muss man meistens ganz schön bezahlen."

„Ist doch eigentlich leicht zu durchschauen."
„Ja. Trotzdem fallen immer wieder Menschen darauf rein. Und bei den Färbern ist es noch etwas anders. Sie sind sehr ... zeitgemäß. Sie haben alles in eine – na, sagen wir mal, pseudowissenschaftliche Verkleidung gesteckt. Durch eine besondere Art der Psychotherapie, die in Wirklichkeit nichts anderes als eine Gehirnwäsche ist, wollen sie den ‚perfekten' Menschen schaffen. Diejenigen, die diese langwierige Prozedur durchlaufen haben, sind *‚free'* – freie Geister. Man muss viele dieser Sitzungen durchlaufen und viel Geld dafür bezahlen, um endlich als *‚free'* eingestuft zu werden. Getarnt wird das Ganze mit irgendwelchen Seminaren. Unternehmensberatung, Managertraining, Schülernachhilfe, Erziehungs- und Lebensberatung oder ..." Sie machte eine kurze Pause und sah Kolja schräg an. „Oder Kursen für junge Künstler, die zu sich selbst finden wollen."
Kolja wurde es heiß. „Du spinnst", sagte er nur. Als Lili nichts erwiderte, fragte er:
„Und was haben die mit dir zu tun?"
„Wart's ab, ich erzähle ja. Aber drängle mich nicht. Es ist, verdammt noch mal, nicht leicht für mich, darüber zu sprechen. Du musst mir versprechen, nein, du musst mir *schwören,* niemandem etwas von dem zu erzählen, was ich jetzt sage."
„Ist ja schon gut! Ich hänge mir ein Plakat um und laufe damit durch die Fußgängerzone."
„Hör auf! Das ist mir wirklich ernst. Schwöre!"
„Na gut, ich schwöre, dass ich zu niemandem auch nur ein Sterbenswörtchen sagen werde. Jetzt beruhigt?"
Sie sah ihm noch einen Augenblick prüfend in die Augen, wie um sich zu vergewissern, dass er es wirklich ernst meinte. Dann seufzte sie und begann:
„Der Gründer dieser Sekte war Schriftsteller und Drehbuchautor. Er hatte nur leider in beiden Bereichen nicht viel Erfolg.

Jemand, der schreibt, braucht viel Phantasie. Und manche haben derart viel davon, dass sie sich ganz eigene Welten, ganz neue Gesellschaftsformen ausdenken können. Es ist wichtig, dass es solche Leute gibt, denn sie gehören zu denen, die den Menschen neue Wege aufzeigen, wie sie ihr Leben möglicherweise neu gestalten können. Erinnerst du dich an den schwarzen Schmetterling, von dem ich dir erzählte?"

„Klar, natürlich. Das war bei unserer ersten Begegnung. So was vergisst man nicht so leicht."

„Der Name des Schriftstellers ist Robert L. Servinsky. Er war auch einer dieser schwarzen Schmetterlinge, oder wie du willst, schwarzen Schafe. Auch er ist nicht genügend ernst genommen worden von den anderen Menschen. Doch er konnte nicht ohne Anerkennung leben. Ohne Ruhm. Es kommt häufig vor, dass Außenseiter aus ihrer Einsamkeit heraus Verachtung empfinden für diejenigen, von denen sie abstammen und die sich nicht verändert haben. Aber so etwas führt zu nichts anderem außer zu gegenseitigem Unverständnis und Hass. Denn trotz ihrer Merkmale, die sie von ihren Artgenossen unterschieden, haben sie doch die gleiche Grundstruktur. Sie mähen und blöken ebenso wie ihre Vorfahren. Sie sind eben immer noch Schafe – wenn sie auch schwarz sind."

„Ja, und weiter? Erzähl schon. Was hat dieser Typ mit dir zu tun?" Kolja wurde ungeduldig. Manchmal gingen ihm Lilis philosophische Ausflüge wirklich auf die Nerven.

„Ich hab doch gesagt, drängle mich nicht. Um dir das zu erklären, muss ich eben ein bisschen weiter ausholen." Mit der flachen Hand strich sie sich die Haarsträhnen aus der gefurchten Stirn.

„Also, in dieser Situation, unverstanden und belächelt, suchte Servinsky nach einem Weg, doch noch zu der Anerkennung und Macht zu kommen, nach der er so gierte. Er gründete kurzerhand eine Religion. Im Grunde genommen ist das Ganze eine simple Diktatur – aber eben gut getarnt. Doch wenn jemand mit so viel Phantasie ausgestattet ist, muss das nicht heißen, dass er ein dummer Träumer ist, der die Augen vor harten Realitäten verschließt. Wenn so ein kreativer Mensch wie Servinsky eine neue Gesellschaftsform schaffen will, dann tut er das nicht, ohne sich vorher Gedanken darüber zu machen, wie er seine Ideologie verbreiten will. Er braucht entsprechende große Systeme, die er für seine Zwecke nutzen kann. Selbst solche Systeme aufzubauen, ist zu aufwendig. Das braucht Zeit. Und viel Geld. Was denkst du, ist sein nächster Schritt?"

Kolja dachte einen Moment lang nach.

„Also, wenn er nicht selbst so ein System aufbauen will, dann muss er eben welche für sich gewinnen, die es schon gibt."

„Ganz genau. Aber das ist nicht so leicht. Trotzdem ist genau das sein Plan. Bestehende große Firmen mit seinen Glaubensanhängern zu unterwandern und so von innen heraus für seine Zwecke zu verändern. Das heißt, wichtige und scheinbar weniger wichtige Positionen mit seinen Leuten zu besetzen. Kennst du solche großen Firmen?"

„Hhmm. Die *Comparol* vielleicht oder die *Wig*, oder, oder … das Fernsehen."

„Du bist schon nah dran. Die Firma, auf die ich hinaus will, müsstest du von deinen Comics her kennen."

„Red keinen Quatsch. Du meinst doch nicht etwa die *Sandman Company*?"

„Genau die meine ich."

„Das gibt's doch nicht. Jetzt gehst du auch noch auf die Comics los! Woher hast du denn diese Weisheit?"

„Wenn du aufhörst, dich aufzuregen, und mir noch einen Moment lang zuhörst, sage ich dir das", sagte Lili ungehalten.

„Okay, okay. Ich höre."

„Mein Vater hat für die *Company* gearbeitet. Er war jahrelang Zeichner bei ihnen."

Kolja riss die Augen auf.
„Du meinst, er hat wirklich an Jimm-Jim, Celvin und Zero gezeichnet?“
„Ja.“
„Das ist ja'n Ding. Aber, wieso ... was soll das mit dieser Sekte?“
„Was ist deiner Meinung nach die wirksamste Methode, eine Ideologie zu verbreiten?“
„Keine Ahnung, sag du's mir.“
„Es gibt keine bessere Art und Weise, eine Religion zu vermitteln, als sie bereits in Kinderköpfe einzupflanzen. Das hat schon Hitler gewusst. Niemand ist so aufgeschlossen zu lernen wie Kinder. Und was sie einmal als Kind gelernt haben, vergessen die Menschen nicht so schnell. Das ist fest drin in ihrem Kopf. Fest verankert in ihrem Unterbewusstsein wird es sich später immer auf irgendeine Art und Weise auf ihre Verhaltensweisen auswirken. Und bei so geprägten Erwachsenen hat dann die Sekte später viel leichteres Spiel. Einen besseren Zugriff auf die Gehirne der Menschen gibt es kaum.“ Lili machte eine kurze Pause und wartete, ob Kolja etwas darauf erwiderte. Doch der musste das Gesagte erst noch verdauen.
„Ich selbst bin durch das Fernsehen mehr oder weniger erzogen worden“, fuhr Lili fort. „Obwohl ich nie zu den Dauerguckern gehört habe, lebe ich jetzt noch teilweise Rollen, die dort vorgespielt werden, ohne dass ich es merke. Selbst jetzt, wo mir das bewusst ist, fällt es mir schwer, daran etwas zu ändern. Wenn ich vor einer neuen, mir unbekannten Situation stehe, suche ich in meiner Erinnerung nach dem Schlüssel, der zu dieser Situation passt. Diesen Schlüssel finde ich in meinem visuellen Gedächtnis, das eben sehr vom Fernsehen geprägt ist. Mir fällt dann irgendeine Sequenz ein, die ich in einem Film gesehen habe und die zu der Situation, in der ich mich befinde, zu passen scheint. Und handele entsprechend.“

„Wenn ich ehrlich bin, geht mir das genauso“, sagte Kolja.
„So. Und jetzt stell dir mal vor, die ‚Bösen‘ würden die Kontrolle über solche Systeme haben.“
„Aber, aber ... das würde doch bestimmt irgend jemand merken. Ich meine, wenn in solchen Geschichten plötzlich irgendwelche komischen Botschaften versteckt wären. Stell dir mal vor, die Comic-Helden würden auf einmal ihren Charakter verändern und durchdrehen. Vom Tollpatsch zum Tyrannen oder was ...?“
Aber ... was hatte er da gerade gesagt? Mit einem Mal fiel Kolja wieder der Comic ein, den er letztens gelesen hatte. Lili merkte nichts von seiner Verunsicherung und fuhr unbeirrt fort.
„Das ist ja gerade der Clou an der Sache. Es geschieht eben nicht plötzlich. Nur ganz, ganz langsam. Es darf keinen offensichtlichen Bruch geben.“
„Wie meinst du das?“
„Ist doch logisch. Die Veränderungen der Botschaften, so sieht es der Plan der Sekte vor, dürfen niemals rasant geschehen. Man findet nur hier und da diese kleinen Veränderungen. Gut versteckt in harmlosen Episödchen, die man eben so von Jimm-Jim, Celvin und Zero gewohnt ist. Um zu beeinflussen, reicht es schon aus, etwas oder jemanden als gut oder böse darzustellen. Das schluckt man dann einfach mit. Kein Mensch würde auf die Idee kommen, so harmlose Comic-Geschichtchen auf irgendwelche unterschwelligen Botschaften zu überprüfen. Zumal keiner weiß – das heißt, noch nicht – dass eine Verbindung zwischen der *Sandman Company* und den Färbern besteht. Schon unsere Eltern sind mit diesen Heftchen und Figuren groß geworden, und davor kannten deren Eltern sie schon. Sie denken sich: Das kenne ich, ich bin damit aufgewachsen, und was für mich okay war, ist auch für mein Kind gut. Aber daß die Charaktere der Comicfiguren, die Geschichten und Inhalte sich mit der Zeit verändert haben könnten, da

denkt doch keiner dran. Kaum jemand käme auf den Gedanken, etwas, das so zum Leben gehört und sich so gut eingebürgert hat, mit ganz neuem Interesse kritisch zu betrachten."

Als sie geendet hatte, hatte Kolja ein sehr hohles und sehr mulmiges Gefühl im Bauch.
„Du bist ja beknackt", grinste er. Aber es war ein *sehr* schiefes Grinsen.
„Ich weiß. Und deshalb wird uns diese Geschichte auch niemals jemand glauben. Nicht ohne die Beweise, die George uns beschaffen wollte. Ach so – George war ein Kollege von Dad, wie du dir jetzt sicher denken kannst."
„Aber wie sind dein Vater und sein Freund überhaupt auf so was gekommen?"
„Das kann er dir selbst sagen. Morgen. Du musst jetzt gehen. Ich will erst noch alleine mit ihm sprechen."
„Aber ...", widersprach Kolja.
„Nein. Bitte. Es ist besser, ich bereite ihn erst mal darauf vor, dass ich dich eingeweiht habe. Ich weiß nicht, wie er reagiert. Und wenn ich ihm von dem Telefongespräch erzähle, muss er das auch erst mal verdauen."
„Zu verdauen habe ich jetzt wohl auch einiges."
Auf dem Weg zur Tür blieb Kolja noch einmal stehen.
„Was ist, wenn dieser Typ hier aufkreuzt, von dem von Oyen gesprochen hat?"
Lili sah ziemlich fertig aus. Müde zuckte sie mit den Schultern.
„Ich weiß nicht. Wenigstens sind wir jetzt darauf vorbereitet."
„Kommst du morgen zum Frühstück? Bis dahin wird sich Dad wohl gefangen haben." – „Okay. Ich bin so gegen acht da."
„Sagen wir lieber halb neun."
„In Ordnung." Er küsste sie vorsichtig zum Abschied. „Und ihr werdet auch bestimmt da sein?"
„Versprochen."

Als Kolja nach Hause kam, war seine Mutter gerade in ein Telefongespräch mit ihrer Freundin vertieft, die im Sommer ebenfalls was „Kleines“ bekommen hatte. Sie winkte ihm flüchtig zu und fuhr dann fort, sich die Ratschläge ihrer Freundin zu notieren. Das hohle Gefühl in Koljas Bauch hatte sich verstärkt. Vielleicht half es ja, wenn er etwas essen würde. Seit heute Morgen hatte er nichts mehr gegessen. Missmutig hockte er sich vor die Gefriertruhe und kramte sich ein tiefgefrorenes Baguette heraus, beförderte es in die Mikro und ließ sich auf einen Küchenstuhl fallen.
Marie war krank und wollte nicht schlafen. Sie lag etwas apathisch auf ihrer Jimm-Jim & Co-Krabbeldecke und beäugte die bunten pummeligen Figürchen, die an einem Gestell über ihr baumelten. Vorsichtig und unendlich zärtlich berührten ihre kleinen Händchen Zero mit den Riesenohren und den Plastik-Celvin. Kolja spürte, wie sich ihm die Kehle zusammenzog, und er sah weg. Es wurde ihm übel. Verdammt. Verdammt!

14 MARIE-LUISES GEDÄCHTNISFALLE

Lili hatte langsam die Türe hinter Kolja geschlossen, als eine Stimme hinter ihr sie zusammenfahren ließ.
„Du hast ihm also alles gesagt."
Sie fuhr herum. Marie-Luise stand am Treppenabsatz.
„Hast du uns etwa belauscht?"
„Ja", erklärte ihre Großmutter schlicht.
„Alles?"
„Genug."
„Dann weißt du ja, wie es aussieht."
„Hhmhm." Marie-Luise setzte sich auf eine der unteren Treppenstufen. Lili setzte sich neben sie und starrte auf ihre Turnschuhe.
„Und du bist sicher, dass du ihm trauen kannst?"
„Ja! Was soll das?", zischte Lili und sah sie böse an. Ihre Großmutter hob beschwichtigend die Hände. Lili beruhigte sich wieder.
„Und? Was sollen wir jetzt tun?", fragte sie. „Wir können doch nicht immer weglaufen."
„Nein. Das könnt ihr nicht."
Eine Zeitlang saßen sie ohne ein Wort zu sagen nebeneinander auf den Stufen.
„Ich will hier nicht weg!", stieß Lili wütend hervor.
„Und ich will nicht, dass du gehst", sagte ihre Großmutter. „Weißt du, als deine Mutter mir schrieb, dass ich doch noch Großmutter geworden sei, war ich überglücklich. Deine Eltern

hatten schon alle Hoffnung auf ein Kind aufgegeben. Ich war vor Freude so aus dem Häuschen, dass ich sogar ernsthaft mit dem Gedanken spielte, hier alles zu verkaufen und zu euch in die Staaten zu kommen. Aber ich schreckte dann doch davor zurück. Die vielen Veränderungen ... Ich fühlte mich dem nicht gewachsen. Und jetzt bist du endlich bei mir. Ich könnte mir gar nicht mehr vorstellen, alleine zu leben."

Lili hakte sich bei ihrer Großmutter ein und legte den Kopf auf ihre knochige Schulter.

Jack fand die beiden immer noch auf der Treppe sitzend vor. Sein Gesicht war von Sorge zerfurcht. Kolja hatte Recht behalten. George war nicht angekommen. Die Furchen in Jacks Gesicht vertieften sich beträchtlich, als Lili ihm von dem Telefonat berichtete, das Kolja belauscht hatte. Eine Weile stand ihr Vater still da. Lili, die ihn gespannt beobachtete, konnte sehen, wie es in seinem Gesicht arbeitete. Dann hing er sich ohne ein weiteres Wort ans Telefon. Glücklicherweise hatte er die Nummer von Georges Schwester Kathreen.

In Klosternelde waren es jetzt etwa halb zehn. Das hieß, in Kalifornien war es nun gegen zwölf Uhr dreißig. Sie würde wohl noch im Büro sein. Doch Kathreen war zu Hause. Jack musste sich anstrengen, die Worte zu verstehen. Ein dicker Vorhang aus Tränen und Verzweiflung lag über ihre Stimme. Die Polizei hatte sie bereits als nächsten Angehörigen verständigt. George war in der Nacht zuvor Opfer eines Verkehrsunfalls geworden. Aus unerfindlichen Gründen musste er gestolpert und vom Gehweg auf die Straße gefallen sein. Direkt vor das heranfahrende Taxi, auf das er gewartet hatte. Die Polizei vermutete, dass er versucht haben musste, den Fahrer im Dunkeln auf sich aufmerksam zu machen, und durch das wilde Wedeln mit den Armen das Gleichgewicht verloren habe. So hatte es jedenfalls der Taxifahrer ausgesagt. Kathreen war gerade aus dem Leichenschauhaus wiedergekommen. Sie hatte

ihren Bruder identifizieren müssen. Als Jack auflegte, war seine Haut aschfahl.
„Wir müssen weg."
„Aber Dad ..."
Die Stimme ihres Vaters duldete keinen Widerspruch.
„Diese Nacht bleiben wir noch. Morgen früh packen wir unsere Sachen und verschwinden", sagte er scharf.
„Jack, wo willst du denn hin? Es hat doch keinen Sinn", sagte Marie-Luise leise.
„Willst du es verantworten, wenn Lili etwas zustößt? Willst du das?", fuhr er sie an.
„Nein", sagte sie leise und senkte den Kopf. In ihren Augen glitzerte es verdächtig.
„Und? Wo wollen wir, verdammt noch mal, hin?", fragte Lili.
„Lübeck."
„Lübeck? Was willst du denn da?"
„Ein Freund wohnt dort. Wir lernten uns kennen, als er in Kalifornien Urlaub machte. Ist schon lange her. Er weiß, dass wir jetzt hier sind. Ich habe ihm schon einmal geschrieben. Für alle Fälle. Er wird sich sicher über einen Besuch freuen."
„Weiß er es?" – „Nein. Natürlich nicht."
Jack konnte die traurigen, vorwurfsvollen Mienen von Lili und Marie-Luise nicht mehr ertragen.
„Kommt, lasst uns jetzt schlafen. Oder uns zumindest hinlegen. Ich für meinen Teil brauche jetzt jedenfalls einfach noch ein bisschen Ruhe, bevor es morgen losgeht."
Doch es ging schon vorher los.

Etwa drei Stunden später saß Lili senkrecht im Bett. Sie hatte lange nicht einschlafen können und war gerade eingeduselt, als sie das Klirren hörte. Es war aus der Diele gekommen. Sie war wie versteinert. Sie spürte, dass ihre Hände feucht wurden, und den Herzschlag, der schnell in ihren Schläfen pochte. Dann erwachte sie aus ihrer Erstarrung. Sie schlug die Bettdecke zurück und schob sich durch die Dunkelheit zur Tür. Das Licht anzumachen, wäre zu gefährlich gewesen. Man hätte den Schein durch die Türritze sehen können. Sie lauschte. Es war totenstill. Vielleicht drei lange Minuten vergingen, die ihr wie eine kleine Ewigkeit vorkamen. Doch sie zeigte Geduld. Später überlegte sie sich noch oft, was wohl passiert wäre, wenn sie diese Geduld nicht aufgebracht hätte und hinausgegangen wäre. Plötzlich hörte sie, worauf sie gewartet hatte. Ein leises Knarzen. Das war die dritte Stufe auf dem unteren Treppenabsatz. Lili kannte die Geräusche im Haus schon ziemlich genau. Sie waren ihr vertraut geworden. Jede Stufe hatte ihren eigenen Klang. Ihr Körper war vom Adrenalin geradezu elektrisiert. Das Blut rauschte in ihren Ohren. Sie war hin- und hergerissen. Wenn sie jetzt rausging und zu Jack lief, würde der Eindringling sie sehen und wahrscheinlich die Treppe hochhechten, um sie noch zu erwischen. Wenn sie wartete, würde er sich sicher fühlen und sich weiter bemühen, möglichst langsam hinaufzuschleichen. Und genau darin bestand Lilis Hoffnung. Dass er langsam ging. Stufe um Stufe. Den nächsten Absatz. Und weiter. Drei, vier, fünf …

Ein jämmerliches Stöhnen und Ächzen schallte durch das Treppenhaus. Im nächsten Moment hörte Lili das grässliche Geräusch von splitterndem, berstendem Holz. Dann kam der Schrei. Er war nur kurz, aber er drang Lili durch Mark und Bein. Das dumpfe „Bmpph“, das unmittelbar auf den Schrei folgte, hatte etwas Endgültiges.

Lili schloss die Augen und atmete zitternd ein und aus. Dann drückte sie mit bebenden Fingern die Klinke herunter und tastete nach dem Lichtschalter. Doch mitten in der Bewegung hielt sie inne. Jack hatte das Licht schon angemacht. In Jeans und Pullover stand er da. Er hatte seine Kleidung wohl anbehalten. Was Lili allerdings mehr wunderte, war die Tatsache, dass er eine Pistole in der Hand hielt. Sie hatte nicht gewusst, dass ihr Vater eine Waffe besaß. Auch Marie-Luises Tür öffnete sich jetzt. Zuerst nur einen winzigen Spalt. Dann sah Lili ihr blasses, erschrecktes Gesicht. Die drei tauschten einen kurzen, furchtsamen Blick. Dann näherten sie sich vorsichtig der Treppe und blickten hinunter.

Dem Mann war nicht mehr zu helfen. Das sah Lili sofort. Seine hagere Gestalt lag wie eine falsch zusammengebaute Holzpuppe auf dem Boden des untersten Stockwerkes. Der Kopf mit den hellen, fast weißen Haaren lag verdreht. Das Zucken um sein linkes Auge hatte aufgehört. Rupert hatte sich in Marie-Luises Gedächtnisfalle das Genick gebrochen und war durch die morsche Stufe gekracht. Der Tick einer alten Frau, sich an alles erinnern zu wollen, war dem Färber zum Verhängnis geworden.

Er brauchte Zeit. Zeit für sich. Zeit, um nachzudenken. Kolja lag in seinen Kissen und döste vor sich hin. Nur sein Körper ruhte sich aus. Sein Geist dümpelte wie ein leckgeschlagenes Holzboot auf dem See des Schlafes, dessen klares Wasser langsam durch die ramponierte Wand des kleinen Gefährts eindrang, seine Planken überspülte, um es schließlich in die Tiefe zu ziehen. Doch die rechte Entspannung wollte sich nicht einstellen. Er konnte sich nicht der verlockenden saugenden Schwere hingeben. Das, was Lili ihm erzählt hatte, hatte ihm seine Ruhe genommen. Seine Gedanken kreisten immer wieder um die verrückte Geschichte, die sie ihm aufgetischt hatte. Doch wie eine dicke Biene, die mit lautem Gesumme unablässig gegen eine Fensterscheibe flog, um nach draußen zu gelangen, so konnte sein Geist nicht diese unsichtbare Schranke überwinden, die ihn daran hinderte, klarer zu sehen.
Doch in seinem halb wachen, halb schlafenden Zustand ver-

suchte er es beharrlich weiter, wie die Biene. Plötzlich war er selbst diese Biene – ein Gedanke. Dann endlich verschwand das störende Glas.
Mit einem herrlich befreiten Gefühl flog er hinaus. Voller Freude drehte er einen Looping, überflog eine herrlich duftende Sommerwiese und einen kleinen murmelnden Bach, kreuzte einen bemoosten Weg am Waldrand und gelangte so in einen kleinen, künstlich angelegten Park mit allerlei seltsamen Figuren mit riesigen Plastikköpfen. Auf dem Schoß einer dieser Figuren – es war eine überdimensionale Ente, saß ein Junge und las in einem Comic. In seiner anderen Hand hatte er einen Apfel, der einen süßen Duft verströmte. Er roch geradezu überirdisch gut. Der Junge hatte den Apfel fast ganz gegessen, als er ihn neben sich legte. Die Biene zögerte nicht lange und flog mit lautem Gebrumme auf den Apfel zu. Was für ein leckerer Imbiss! Das Kind schrie auf und schlug mit seinem Heft nach der Biene, die sich jedoch davon nicht abhalten ließ. Sie interessierte sich nur noch für den Apfel. Schließlich bemerkte der Junge trotz aufsteigender Panik, dass nicht er selbst es war, dem die Angriffe galten, sondern der gut riechenden Frucht. Teils ärgerlich, teils interessiert, sah er zu, wie sich der hartnäckige Störenfried darüber hermachte. Doch der Ärger des Jungen wandelte sich schnell in ungläubiges Entsetzen, als die Figur, auf der er saß, plötzlich zum Leben erwachte und mit einer gigantischen Spraydose auf das Insekt losging. Das emsige Flügelschlagen der Biene hörte plötzlich auf, und sie fiel reglos auf den Rücken.
Auch in seinem Körper breitete sich schnell das Gift aus. Er bekam keine Luft mehr. Brennende Räder kreisten vor seinen Augen. Er schrie. Nass vor Schweiß durchbrach er die Oberfläche des Schlafes und setzte sich mit einem Ruck im Bett auf. Sein Herz raste. Kolja sah nach draußen. Die Sonne war schon aufgegangen und kündigte einen weiteren vielversprechenden

Herbsttag an. Er griff nach seiner Jeans, zog Hemd und Jacke über und verließ ohne Frühstück das Haus. Er wandte sich in Richtung Fluss und ging langsam den Hügel zu Lilis Haus hinauf. Er hatte keine Zweifel mehr. Er wusste plötzlich ganz sicher, dass sie ihm die Wahrheit gesagt hatte.

15 FARBENBLIND

Es war noch viel zu früh. Aber Kolja hielt es keinen Moment länger zu Hause aus. Er würde einfach vor dem Haus warten, bis es halb neun war. Eine erklärliche Unruhe hatte von ihm Besitz ergriffen. Er wußte nicht, wie Lilis Vater reagieren würde, wenn er von der Sache im Kloster erfuhr. Vielleicht würde Lili gar keine Chance bekommen, auf ihn zu warten. Vielleicht hatte ihr Vater einfach sofort die Konsequenzen gezogen und war bereits mit ihr abgereist. Je länger sich Kolja mit diesem Gedanken beschäftigte, desto mehr packte ihn die Unruhe. Er begann zu laufen, und schließlich rannte er. Schon als er auf die Straße einbog, die zu Lilis Haus führte, sah er das hektische Pulsieren des Blaulichts. Er raste förmlich den Hügel hinauf. Zwei, nein drei Polizeiwagen parkten unordentlich vor der Rebstock-Villa. Hinter dem zweiten stand ein Krankenwagen, der sich in diesem Moment in Bewegung setzte. Kolja spürte, wie sich kalter Schweiß mit dem warmen auf Stirn und Nacken mischte. Er stürmte durch das schwere Eingangstor und wäre fast im Galopp gestolpert, als ihn die Erleichterung übermannte.

Lili saß auf den Stufen, hatte die Arme um sich geschlungen und kaute auf ihrer Unterlippe. Ihr Vater stand daneben und unterhielt sich mit zwei Beamten. Der in Zivil war offenbar der Kommissar. Er sah recht übernächtigt aus. Die Kleidung wirkte zwar standesgemäß akkurat, aber er war unrasiert, und sein breites Gesicht wirkte etwas eingefallen. Als Lili Kolja sah,

sprang sie auf. Im nächsten Augenblick fühlte er kalte, zitternde Haut, die sich um seinen Hals schlang und schmeckte salzige Tränen, die er von ihrem Gesicht küsste.
„Was ist passiert?“, frage er dann leise.
„Er ist tot. Abgestürzt. Er ist durchgebrochen. Auf der Treppe“, flüsterte sie.
„Wer?“
„Ich hätte es verhindern können ...“
Sie war kaum zu verstehen. Dafür waren die Worte des Kommissars, der bei Lilis Vater stand, umso deutlicher zu hören.
„Die Spurensicherung ist bald abgeschlossen. Wo ist ihre Schwiegermutter?“
„Sie hat sich hingelegt“, antwortete Jack. „Das alles war ein bisschen viel.“
„Ein bisschen viel, ja. Das ist es in der Tat. Selbst, wenn man nicht schon dreiundachtzig Jahre alt ist.“ Der Kommissar raufte sich seine wenigen grauen Haare.
„Das ist vielleicht ein Start ins Wochenende. Zuerst geschieht monatelang überhaupt nichts, und dann haben wir gleich zwei Unfälle. Erst der Junge oben am Aussichtsturm und jetzt das hier.“
„Welcher Junge?“
Der Blick des Kommissars wandte sich Kolja und Lili zu. Die Worte des Beamten hatten in Kolja eine böse Vorahnung geweckt. Doch statt seine Frage zu beantworten, sagte der Kommissar:
„Und wer ist das?“
Die Augen des Mannes tasteten über Koljas Gesicht. Er fühlte sich unbehaglich, hielt dem forschenden Blick jedoch stand. Lili löste ihre Arme von seinem Hals.
„Kolja Zobel. Er ist der Freund meiner Tochter.“
„Aha. Nun. Gut, dass er hier ist. An ihn werde ich auch noch so ein, zwei Fragen haben.“ Er wandte sich wieder Jack zu.

„Welcher Junge?", wiederholte Kolja seine Frage. Er fühlte, wie sich die Muskeln seines Kiefers spannten und es in seinen Fingern unangenehm zu kribbeln begann.
Der Kommissar drehte sich wieder zu ihm.
„Ganz schön neugierig, was? Aber egal, vielleicht kennst du ihn ja. Thomas Rudloff heißt er. Ist oben in der Felswand am Aussichtsturm herumgeklettert, und hat sich dabei wohl ein wenig überschätzt. Er ist abgestürzt."
Kolja schloss für einen kurzen Moment die Augen und öffnete sie wieder. Abgestürzt. Tom war nicht abgestürzt. Kolja war früher oft genug mit ihm in der Felswand herumgeklettert, um zu wissen, was Tom für ein guter Kletterer war. Dabei hatte er sich noch nie überschätzt. Er wäre nicht abgestürzt, wenn er es nicht gewollt hätte.
„Ist er tot?" Irgendwie brachte er es fertig, die Frage durch seine zusammengebissenen Zähne zu pressen.
„Nein, hat ein riesiges Glück gehabt. Er ist nicht bis ganz unten gefallen. Ein Felsvorsprung hat seinen Sturz aufgehalten. Sonst wäre er jetzt hinüber. Scheint ein ziemlich zäher Bursche zu sein. Er hat sich so ziemlich jeden Knochen gebrochen, den es gibt. Es wird wohl noch eine Weile dauern, bis er neuen Blödsinn anstellen kann. Was ist, kennst du ihn?"
„Er geht mit mir in eine Klasse. Außerdem besuchen wir denselben Malkurs – im Kloster", antwortete Kolja. Seine Stimme hatte fast keinen Klang. Gott sei Dank! Tom lebte! Er würde mit ihm sprechen können, ihm alles erklären, ihm sagen, dass er immer noch sein Freund war.
Der Kommissar sah ihn noch einen Moment lang prüfend an. „Ich glaube, wir werden uns später noch einmal unterhalten", sagte er und wandte sich dann endgültig wieder Lilis Vater zu.
Kolja starrte vor sich hin, durch das Tor auf den Hügel hinunter, ohne etwas zu sehen. In seinem Kopf summte es. Lili ergriff seine Hand und wollte ihn mit sich fortziehen, doch er wehr-

te ab. Etwas war durch seinen stumpfen Blick hindurchgedrungen. Er hatte etwas entdeckt, was seine Aufmerksamkeit erregte. Er wusste nur noch nicht genau, wieso.
„Also gut", hörte er den Kommissar sagen. „Ich frage Sie jetzt noch einmal. Ein Fremder kommt in Ihr Haus. Mitten in der Nacht. Aber das haben Einbrecher ja meistens so an sich. Nach seinem Pass zu urteilen, ein Amerikaner. Wie Sie. Aus dem gleichen Bundesstaat wie Sie. Aus der gleichen *Stadt*, aus der Sie kommen. Und Sie haben nicht die leiseste Ahnung, was der Typ bei Ihnen gesucht haben könnte?"
Jack antwortete nicht. Auch er hatte jetzt, wie Kolja, seine Augen auf einen Punkt auf halber Höhe des Hügels gerichtet. Ein brauner Kleinlaster erklomm gemächlich die Straße zur Rebstock-Villa. Er hielt an, und ein muskulös gebauter Mann in brauner Hose und weißem Hemd schwang sich heraus. Angesichts des Polizeiaufgebots sah er einen Moment lang unsicher umher, ging dann jedoch zum rückwärtigen Teil des Wagens, öffnete die Klappe und beförderte ein kleines Päckchen heraus. Er kam durchs Tor. Wieder blieb er einige Sekunden unschlüssig stehen.
„Äh ... heißt hier irgendjemand von Ihnen vielleicht Strawberry? Jack Strawberry?"
„Das bin ich." Lilis Vater trat vor.
„Würden Sie mir bitte hier den Empfang bestätigen?" Der Mann hielt ihm einen schwarzen Kasten vor die Nase und drückte ihm einen Stift in die Hand. Jacks Finger zitterten ein wenig, als er seine Unterschrift in das kleine Feld schrieb und schließlich das kleine braune Paket entgegennahm. Er sah zu Lili hinüber.
„Es ist von George!" Lili zog Kolja hinter sich her und stellte sich neben ihren Vater. „Mach's auf!"
Jack riss das Papier herunter. Zum Vorschein kamen eine Diskette, ein Mikrofilm und ein kleiner weißer Zettel.

„Ich hoffe, wir können es zusammen auspacken. Gruß, George."
Lili tauschte eine Blick mit Kolja. Ihre Augen leuchteten. Jack hob den Kopf und atmete einmal tief durch.
„Ich glaube, Herr Kommissar, jetzt kann ich Ihnen sagen, was der Mann bei uns gesucht hat", sagte ihr Vater.
„Na, dann erzählen Sie mal."
Der Kommissar hatte sich betont lässig in einen der Sessel drapiert, die in Marie-Luises Wohnzimmer um einen überdimensionalen Tisch herumstanden. Zwei seiner Beamten nippten an der Limonade, die Lili serviert hatte. Sie war eine Weile in der Küche verschwunden und saß jetzt neben Kolja, der gespannt darauf wartete, dass ihr Vater das Schweigen brach. Kolja entging der fragende Blick Jacks und Lilis stilles Nicken, bevor ihr Vater anfing zu sprechen.
„Das ist wieder typisch für mich", sagte Jack. „Ich versuche, so weit wie möglich aus dem Einflussbereich der Färber zu verschwinden und suche mir genau den Ort auf der ganzen weiten Welt aus, den sie zu einem ihrer Zentren ausbauen wollen."
„Ich glaube nicht, dass dies der einzige Ort auf der Welt ist, wo diese Gefahr besteht. Also hör auf, dich selbst zu beschuldigen, und erkläre dem Herrn Kommissar endlich, wie ihr in diese ganze Geschichte hineingeraten seid", sagte Marie-Luise sachlich. Sie war sterbensmüde. Doch um keinen Preis wollte sie sich dieses Gespräch entgehen lassen. Jack sah sie einen Moment lang irritiert an. Dann erläuterte er den Beamten die Hintergründe. Diesen Teil der Geschichte kannte Kolja schon. Trotzdem spürte er wieder, wie sich sein Magen unangenehm zusammenzog. Auch der Kommissar saß nun nicht mehr ganz so bequem. Er unterbrach Strawberry nicht ein einziges Mal, sondern hörte aufmerksam zu. Seine Gesichtsfarbe hatte einen zartrosa Schimmer angenommen. Er spürte seinen Blutdruck. Die beiden anderen Beamten hatten ihre Limonade vergessen. Dann kam der Teil, auf den Kolja wartete.

„Bis vor einiger Zeit war ich Zeichner bei der *Sandman Company*", fuhr Jack in seinem Bericht fort.
„Wir waren ein gutes Team. Acht Leute arbeiteten jeweils an einer Geschichte. Der Job machte mir Spaß und brachte was ein. Ich hatte Freude daran, witzige Figuren immer wieder durch neue Abenteuer zu jagen und sie dabei aus allen möglichen Gefahren zu retten."
„Sie sind also wirklich der Zeichner von Jimm-Jim, Celvin und Zero?" Kolja konnte es immer noch kaum glauben.
„*War*", betonte Lilis Vater. „Das ist vorbei. Nicht, dass du mich falsch verstehst. Ich liebe Comics. Immer noch. Besonders Jimm-Jim, Celvin und Zero. Nur kann ich die Vorstellung nicht ertragen, dass sie von irgendwelchen machtbesessenen Irren für ihre Zwecke missbraucht werden."
„Seit wann sind Sie von dort weg?", ließ sich jetzt der Kommissar vernehmen.
„Acht Monate ist das jetzt her. Aber angefangen hat das alles schon vor über einem Jahr." Er lehnte sich zurück und erinnerte sich:
„Eines Tages zeichnete ich gerade wieder an Jimm-Jim herum. Ich wollte mal was Neues mit seiner Mimik probieren. Ein anderer Gesichtsausdruck, der zur Situation der Geschichte passte. Doch dann, als ich versuchte, mir die Gefühle vorzustellen, die er an diesem Punkt der Story haben musste, kam ich ins Grübeln. Es passte einfach nicht zum vorgegebenen Text. Nach meiner Meinung musste Jim-Jimm zumindest zerknirscht sein und - davon abgesehen – die Story ein anderes Ende haben. Doch das Script gab anderes vor. Ich las mir noch mal die ganze Geschichte durch, und dann kam mir die Botschaft, die dieser Comic rüberbrachte, derart spanisch vor, dass ich mich sehr schwer damit tat, die Figuren guten Gewissens die Geschichte erleben zu lassen. Trotzdem zeichnete ich sie zu Ende. Es stand mir nicht zu, die Anweisungen der Cheftexter

anzuzweifeln – schließlich wurden die Storys zuvor von erfahrenen Textern und Zeichnern besprochen, und ich war nur einer von vielen kleinen Angestellten, die zuvor Geplantes auszuführen hatten.
Doch ich war verunsichert. Es blieb nicht bei diesem einen Fall. Einmal aufmerksam geworden, fielen mir mit der Zeit immer mehr Ungereimtheiten auf. Geschichten, die mir merkwürdig, ja *sehr* merkwürdig vorkamen. Auf jeden Fall aber von solchem Inhalt, den ich keinesfalls vertreten konnte. Es fiel mir immer schwerer zu zeichnen. Man könnte sagen, die Farbe vertrocknete mir am Pinsel. Mehr als einmal kam ich in Termindruck. Eine weitere Geschichte gab mir schließlich den Anstoß. Ich konnte unmöglich über die fraglos zweifelhafte Botschaft der Story hinwegsehen.
Jimm-Jim und seine beiden Freunde waren durch einen Erdrutsch in eine Welt unter der Erdoberfläche geraten. Dort lebte ein Volk, das Probleme mit feindlichen Erdwürmern hatte. Natürlich wussten Jimm-Jim und seine Freunde auch hier Rat. Zur Belohnung wurden sie von dem Herrscher durch sein unterirdisches Reich geführt. Und hier lernten sie, wie das ganze Zusammenleben da unten vonstatten ging. Es funktionierte nur, wenn jeder Einzelne seine ihm zugewiesene Aufgabe perfekt ausführte. Für die, die nicht mehr so gut funktionierten, gab es ‚Erholungsurlaub‘ in speziellen Heilzentren. Dort ‚durften‘ sie dann unter Aufsicht meditieren, bis zum Umfallen Sport treiben und in einem wahren Spießrutenlauf verschiedene ‚Heilanwendungen‘ über sich ergehen lassen. So lange, bis sie wieder voll einsatzfähig waren. Wer so eine ‚Kur‘ hinter sich hatte, war zurechtgebogen und funktionierte wieder prächtig. Mir kam das eher wie ein Umerziehungslager vor. Und meine drei Helden ließen sich da hindurchführen und waren allen Ernstes entzückt über so viel fortschrittliches Denken.
Ich bin ein Mensch, der klare Verhältnisse liebt, und wenn mir

etwas stinkt, sage ich es sofort. Eine gerade Linie, ohne viel diplomatisches Geschwätz. Ich ging also zum Cheftexter und sprach ihn einfach auf den Inhalt einer Geschichte an, die mir besonders komisch vorkam. Auch der Cheftexter war ein Mann des klaren Wortes. Zuerst fragte er mich aus, wie ich denn auf diese Idee gekommen sei, dann machte er mich zur Schnecke. Was ich mich erdreisten würde, seine Beschlüsse in Frage zu stellen. Er wies mich recht undiplomatisch darauf hin, wo mein Platz sei, und erinnerte mich zum Schluss auch noch fürsorglich daran, dass ich eine kleine Tochter zu versorgen hätte. Ich verließ sein Büro und hielt mich von da an mit derlei Äußerungen zurück. Doch das Gespräch hatte ein ungutes Gefühl bei mir hinterlassen – nicht nur wegen seiner Zurechtweisung. Auch die Art und Weise, mit der er meine Bedenken vom Tisch gewischt hatte, fand ich, um es gelinde auszudrücken, unangebracht."

„Und was ist dann passiert?", fragte Kolja. Jack kaute auf seiner Unterlippe herum, bevor er fortfuhr.

„Ich erzählte George Stillwell, meinem engsten Freund und Kollegen aus unserem Team davon – und war überrascht über seine Reaktion. Ich wunderte mich, wie zurückhaltend er sich verhielt. Zurückhaltend ist untertrieben. Er wirkte regelrecht ängstlich und übervorsichtig. Er wollte nicht im Büro mit mir darüber sprechen, sondern traf sich mit mir abends in seinem Haus. Bei diesem Treffen merkte ich erst, dass er richtig Angst hatte. Ja, er dachte tatsächlich, ich sollte ihn ausspionieren. Ich, der ich mich für seinen besten Freund hielt! Doch dann, als er mir nach und nach von seinen Nachforschungen berichtete – ich musste ihm anfangs wirklich alles einzeln aus der Nase ziehen – verstand ich auch, warum er solche Angst hatte. Es stellte sich heraus, dass ich nicht der Einzige war, dem Zweifel an unserer Arbeit gekommen waren. George war sogar schon viel länger als ich in dieser Bredouille, und hatte sich

intensiv mit den Inhalten der Geschichtchen auseinandergesetzt und sie auf ihre Aussagen überprüft. Und wenn das, was er vermutete, zutraf, dann hatte er allen Grund, vorsichtig zu sein. Er hatte Dinge entdeckt, Parallelen bemerkt, die nachdenklich machen mussten. Zum Beispiel fand er heraus, dass die *Sandman Company* und die *Färber* die gleichen Anwälte haben. Und noch einige weitere Ungereimtheiten. Doch trotz seiner Entdeckungen hielt ich seine Ängste für übertrieben. Er neigte sowieso dazu, alles besser, schlimmer oder dramatischer zu beschreiben, als es tatsächlich der Fall war. Er hatte was entdeckt, okay. Aber es war nichts Handfestes. George hatte sich schon ziemlich in die Sache verrannt und witterte eine Verschwörung von solchem Ausmaß, dass er die gesellschaftliche Zukunft für gefährdet hielt. Wenigstens war er so vernünftig und sprach mit niemandem außer mir darüber. Er wollte solange bleiben und nachhaken, bis er echte Beweise für seine Vermutungen finden würde, um dann damit an die Öffentlichkeit zu gehen.
Ich hingegen konnte das alles nicht so recht glauben, was er sich da meiner Meinung nach zusammengesponnen hatte, wenn sich meine Zweifel dadurch auch verhärtet hatten. Also wartete ich ab, arbeitete weiter und behielt von da an meine Meinung für mich. Doch seit dem Tag, an dem ich mit meinem Chef gesprochen hatte, spürte ich, dass ich unter Beobachtung stand. Viele meiner Zeichnungen waren auf einmal zur Zielscheibe der Kritik geworden. Immer wieder verschwanden Blätter mit Entwürfen, die am Abend zuvor noch an mein Zeichenbrett geheftet waren. So konnte ich die Termine nicht mehr einhalten, und die Arbeit des Teams wurde gefährdet. Für mich war klar, dass sie mich loswerden wollten. Und unter diesen Umständen wollte ich auch nicht länger bleiben. Also kündigte ich. Vorher aber verabredete ich mit George, dass wir uns in aller Öffentlichkeit einen Riesenkrach lieferten, damit er

weiterhin gut dastand und nicht das Misstrauen der Färber auf sich zog. Schließlich war es bekannt, dass wir gute Freunde waren. Auf diese Weise war sichergestellt, dass das Vertrauen der *Company* in ihn keinen Kratzer bekam und er in aller Ruhe weitere Nachforschungen anstellen konnte. Wir zofften uns gewaltig. Sogar ein Zeichentisch ging dabei zu Bruch. In Wahrheit war er der einzige von meinen alten Bekannten, der wusste, wo ich mich jetzt aufhalte."

„Und jetzt hat er Ihnen ein Päckchen geschickt", stellte der Kommissar fest.

„Vor drei Tagen rief er mich an. Wir haben nur selten telefoniert, aber er informierte mich regelmäßig über seine Nachforschungen. Mit Einzelheiten hielt er sich jedoch zurück. Aber dann rief er mich eines Nachts an. Er sagte mir, er habe nun alle Beweise zusammen. Genug, um damit einen Riesenwirbel in der Öffentlichkeit zu verursachen. Er habe herausgefunden, dass fast alle neuen führenden Mitarbeiter, die in den letzten zwei Jahren bei *Sandman* eingestellt worden waren, auf der Mitgliedsliste der Färber stehen. Das galt auch für den neuen Leiter der Personalabteilung sowie den Cheftexter. Und dass die Färber den Kauf des neuen TV-Kinderkanals in Amerika und wohl auch in anderen Ländern mitfinanziert hatten. Und – er hatte Kopien von Entwürfen der Färber für die nächsten Geschichten gemacht, die unauffällig in die Comics eingebaut werden sollten. George hat ziemlich ängstlich und gehetzt am Telefon gewirkt. Er ahnte wohl, dass sie ihm auf die Schliche gekommen waren. Deshalb wollte er ja herkommen."

„Aber er kam nicht", sagte Kolja.

„Nein. Du hattest Recht. Er war nicht in der Maschine. Seine Schwester erzählte mir am Telefon, dass er einen Verkehrsunfall hatte. Sie haben ihn vor ein Taxi gestoßen. Er hat es nicht überlebt." Jack rieb hart die Knöchel seiner Finger aneinander und presste die Lippen zusammen.

„Und was ist jetzt mit von Oyen? Wie passt er in diese Geschichte hinein?“, fragte Kolja.
Die Gesichtsfarbe des Kommissars wechselte von Rosa zu einem satten Rot.
„Moment mal, ich bin ein bisschen langsam“, sagte er. „Wie war das gerade? Der Mäzen hat da auch seine Finger drin?“
„Sieht ganz so aus. Kolja hier kann es bezeugen.“
Der Kommissar durchbohrte Kolja regelrecht mit Blicken, als wolle er ihn auf der Stelle zu einem Geständnis bringen. Dann wischte er sich mit einer hektischen Bewegung über die Augen, rutschte an die Kante seines Sessels und legte seine Hände wie zum Gebet zusammen.
„Bitte, würden Sie mir das erklären?“
„Ja, mir bitte auch. Ich habe es nämlich auch noch nicht so ganz verstanden“, meldete sich Kolja zu Wort.
„Na, ein besseres Deckmäntelchen als eine Kunstakademie gibt es ja wohl kaum für die Färber. Vor allen Dingen, wenn sie sie selbst finanzieren. Was glaubst du wohl, werden die Klosternelder sagen – der Bürgermeister allen voran – wenn wir mit unserer Geschichte zu ihnen kommen. Die würden uns doch für verrückt erklären! Da taucht ihr Ort nun endlich aus der kulturellen Versenkung auf, und nun will man ihnen das wieder wegnehmen. Du kannst sicher sein, damit machen wir uns keine Freunde. Außerdem haben sie es sich mit Sicherheit etwas anders vorgestellt, endlich ins Licht der Öffentlichkeit zu geraten.“
„Aber jetzt haben Sie doch die Beweise!“, sagte Lili erregt.
„Nicht, was den Mäzen angeht“, erwiderte Jack. „Wenn wir Glück haben, hat George uns noch eine Mitgliederliste mitgeschickt. Wir müssen uns erst einmal genau ansehen, was wir hier haben.“ Er legte seine Hand auf das Päckchen.
„Aber selbst wenn von Oyen auf der Gehaltsliste der Färber steht – was meinen Sie, Herr Kommissar, reicht das?“

Dieser war zu keiner eindeutigen Antwort fähig. Er legte lediglich den Kopf schief und zuckte die Schultern.
„Das gibt´s doch wohl nicht! Soll der etwa davonkommen?" Lili schoss aufgeregt vom Stuhl hoch.
„Setz dich!", schaltete sich nun Marie-Luise ein. Lili gehorchte widerwillig.
„Dein Vater hat Recht. Es ist nicht so einfach, wenn man keine Beweise hat. Dadurch, daß die Färber die Kunst als eines ihrer Aushängeschilder missbrauchen, sind sie nur schwer angreifbar. Die Kunst ist nämlich eine heilige Kuh. Sie wird als die große persönliche Freiheit, sich auszudrücken, wie ein Gott verehrt. Wenn dann jemand daherkommt und kritisiert, wird's dumm. Da gehen sogar diejenigen auf die Barrikaden, die mit den Färbern nichts zu tun haben, und brüllen: ‚Hände weg von der Kunst!' Dann wird man entweder beschuldigt, keine Ahnung zu haben, oder als spießiger Kleingeist dargestellt. Dabei geht es bei der Kritik gar nicht um die Kunst an sich, sondern um diejenigen, die sie für sich missbrauchen wollen. Wenn ich ein Bild schön finde, dann lasse ich es auch an der Wand hängen, wenn mir die Gesinnung des Malers nicht in den Kram passt. Und vor Dummköpfen, die Bücher verbrennen wollen, beschütze uns Gott. Die sind nicht weniger gefährlich, als solche wie die Färber."
„Also kann man gar nichts machen", stellte Kolja bitter fest.
Marie-Luise sah ihn an.
„Göbbels hat einmal gesagt: Bei wirklich guter Propaganda – und da spielt Kunst nun mal auch eine Rolle – bei wirklich gutgemachter Propaganda wird die Absicht, die dahintersteht, so virtuos kaschiert, dass der, der mit dieser Absicht erfüllt werden soll, es überhaupt nicht merkt. Es stimmt, dass Kunst eine große Freiheit ist, die das Leben in wunderbarer Weise bereichert und die niemand, wirklich niemand, einengen darf. Aber sie ist nur so lange frei, wie sie sich nicht missbrauchen

lässt. Lässt sie sich vor irgendeinen Karren spannen, den jemand fährt, der, auf Teufel komm raus, die kurzsichtige Menschheit zu ihrem Glück zwingen will, dann ist es mit der großen Freiheit vorbei. Dann wird Kunst zum Machtinstrument. Und das ist nun wirklich ein alter Hut. Wichtig ist nur, dass man sich das bewusst macht. Und das ist gar nicht so einfach. Die Augen offen zu halten und nicht alles zu schlucken, was einem serviert wird."

Marie-Luises Hände zitterten vor Erregung. Jack stand auf, schenkte ihr eine Tasse Tee ein und setzte sich neben sie auf die Armlehne ihres Sessels.

„Im Grunde hat es doch schon längst angefangen", sagte er. „Man braucht sich nur irgendeinen Clip anzusehen, in dem lachende Kindergesichter irgendetwas oder irgendjemanden ungeheuer bestaunen und schon hat man die Leute im Sack. Oder wie wär's mit einem Film, in dem die ‚Bösen' reihenweise von den ‚Guten' niedergemäht werden. Dazu hört man dann mitreißende, heroische Musik und freut sich, dass es den Schweinehunden einmal so richtig gezeigt wird. Es würde schon reichen, wenn die Musik anders wäre, um etwas zu merken. Aber durch die Machart wird Gewalt und Töten legalisiert. Es ist immer noch in Ordnung."

„Und wie sähe dann die Welt aus, die die Färber für die Menschen erreichen wollen? Wie sähe sie dann aus?" Kolja zubbelte gedankenverloren an seinem Hemd herum.

„Eine riesige Bühne", sagte Lili leise. Alle sahen sie an.

„Wie eine einzige begehbare Kulisse. Sauber und schön anzusehen. Und wir wären die Marionetten darin. Mit unsichtbaren Schnüren. Marionetten, die sich genauso verhalten und so denken, wie man es ihnen eingetrichtert hat. Und die sich keine Gedanken darüber machen, wer eigentlich die Fäden hält. Ein bisschen ist es ja schon so." Eine Weile war es ganz still im Raum. Kolja schnaubte.

„Es ist nicht fair. Wie kann einem etwas, das so schön ist, das mir so viel bedeutet wie die Kunst, nur derart vermiest werden? Und dann sollen die auch noch munter weitermachen dürfen? Und von Oyen?“
„Warten wir erst einmal ab. Zunächst sollten wir uns einmal ansehen, was George geschickt hat. Was meint ihr? Zumindest die Diskette.“
„Darum würde ich doch sehr bitten“, ließ sich der Kommissar nun vernehmen. Er sah ziemlich aufgelöst auf, wenn diese Beschreibung für einen Mann seines Körpervolumens auch nur schwer vorstellbar war. Jack lächelte.
„Nur einen Moment noch, ich muss gerade den Computer in Gang setzen.“
Er verschwand kurz im Arbeitszimmer und kam dann zurück.
„Wenn Sie mir bitte folgen würden?“
Wenig später standen alle im Halbkreis um den Bildschirm von Jacks Computer herum. Ihre Gesichter drückten die unterschiedlichsten Gefühle aus. Bestürzung bei dem Kommissar, Staunen und Erleichterung bei den anderen. Es war alles da. Mitgliedslisten, Verträge, Zahlungsbelege und Dokumente, die das weitere Vorgehen der Sekte bis ins Kleinste aufschlüsselten. Sah man sich die Namen der Mitglieder an und zählte alles zusammen, dann reichte es aus, um sehr, sehr unruhig zu werden. Wie es schien, hatte die Sekte nicht mehr und nicht weniger vor, als die totale Kontrolle, die totale Herrschaft an sich zu reißen. Und das so geschickt und unterschwellig, dass niemand, der nicht die Zusammenhänge kannte, einen Verdacht hegen würde. George hatte gute Arbeit geleistet.
„Sie wissen, dass ich das jetzt konfiszieren muss“, sagte der Kommissar schließlich und deutete auf die Diskette.
„Und Sie wissen, dass meine Tochter und ich so lange in Gefahr sind, wie die Färber denken, wir seien die Einzigen, die Bescheid wissen“, entgegnete Jack ruhig.

„Sie sind jetzt nicht mehr die Einzigen", stellte der Kriminalbeamte sachlich fest. „Seien Sie unbesorgt, wir werden uns der Sache annehmen."
Nachdem der Kommissar und die anderen Beamten die Villa verlassen hatten, fragte Jack seine Tochter:
„Wo ist sie? Hat alles geklappt?" Lili hielt ihm lächelnd eine Diskette entgegen. Kolja guckte verblüfft.
„Du glaubst doch nicht, dass ich sie so einfach aus der Hand gegeben hätte, ohne eine Kopie davon in Händen zu haben, oder? Immerhin ist das für uns so eine Art Lebensversicherung", erklärte Jack ihm grinsend.
„Ja, aber wie ...?" Kolja sah Lili fragend an.
„Bevor wir es uns im Wohnzimmer gemütlich gemacht haben, hat Lili außer für die Limonade zu sorgen noch schnell ein bisschen am Computer herumgespielt." Jack sah seine Tochter stolz an.
„Je schneller die Öffentlichkeit davon Wind bekommt, umso besser."

Als am Abend des nächsten Tages ein Fernsehsender über die Umtriebe der Färber berichtete (wie es hieß, stammten die Informationen aus verläßlicher Quelle), war es mit der Ruhe im Tal vorbei. Wie vorauszusehen war, schlugen die Neuigkeiten Wellen bis nach Übersee und sorgten dort für einen „Riesenwirbel", genau wie George es prophezeit hatte. *Die Poul Sandman Company* zeigte sich empört, unterwandert worden zu sein und entließ ein paar Leute. Den Färbern hatte die Veröffentlichung ihrer Machenschaften eine Wunde geschlagen, die so schnell nicht wieder verheilen würde. Man würde Millionen in Anwälte und Werbekampagnen stecken müssen, um das angeschlagene Image wieder herzustellen. Der Mäzen zog sich völlig in sein Kloster zurück und brach seine Zelte bald ganz ab. Und das Tal hatte nun endlich die ganze Aufmerksamkeit, nach

der es sich so gesehnt hatte. Es stand im Licht der Öffentlichkeit. Nur war es kein freundliches, wohlwollendes Licht. Es war unbarmherzig und gleißend hell.
Lili und Kolja blieben, im Gegensatz zu Jack, von all dem verhältnismäßig unbehelligt. Sie hielten sich so gut wie irgend möglich im Hintergrund und versuchten, Lilis neugewonnene Freiheit gemeinsam zu genießen. Es war ein neuer Abschnitt für ihre Freundschaft. Von der Last der Verschwiegenheit befreit, lebte Lili richtig auf und wurde viel lockerer. Ihre Freundschaft bekam eine neue Qualität. Sie wurde lebendiger.
Doch ganz ohne Schatten verlief das Ende der Geschichte nicht. Wenn Kolja gedacht hatte, die Demaskierung der Färber würde ausreichen, um Tom wieder zur Vernunft zu bringen, so hatte er sich getäuscht. Zwar konnte er bei seinen Besuchen wieder einigermaßen vernünftig mit Tom reden, aber er kam einfach nicht richtig an ihn heran. Jedesmal spürte er eine Barriere zwischen ihnen. Er wusste, so wie früher würde ihre Freundschaft niemals wieder sein. Und das machte ihm ziemlich zu schaffen.
Er sprach mit Lili darüber. Sie saßen allein in Jacks Arbeitszimmer an einem kleinen Tisch am Fenster, tranken heißen Kakao und beobachteten die Schneeflocken, die den Garten, das Tal und alles andere in eine weiße Decke hüllten. Es war Winter geworden.
„Du musst versuchen ihn zu verstehen. Du weißt doch gar nicht, wie weit sie schon mit ihm waren", sagte Lili.
„Anscheinend weit genug", erwiderte Kolja und blickte düster in die Dampfschwaden über seiner Tasse.
„Selbst jetzt, wo er weiß, wie sie arbeiten und die Absicht dahinter klar ist, fällt es ihm schwer, ohne die Anleitung eines *Coachs* weiterzumachen. Außerdem hat ihn das alles total verunsichert. Zwar sagt er es nicht, aber wenn man sich mit ihm unterhält, dann merkt man, er glaubt nicht mehr, dass auch

andere seine Bilder gut finden. Dabei hat er ganz schön was drauf. Er hat wirklich Talent."

„Ja …"

„Was, ja?"

„Also, wenn ich feststellen müsste, dass es die ganze Zeit überhaupt nicht um mich selbst ging oder um das, was ich mache, dann würde ich mich auch ziemlich mies fühlen."

Kolja runzelte die Stirn.

„Verdammt, was haben die nur mit ihm gemacht?"

Lili legte ihre Hand an die Fensterscheibe und sah zu, wie sich der Abdruck ihrer warmen Hand in die Eiskristalle fraß.

„Sie haben ihn völlig eingenebelt."

„Ja", sagte Kolja nachdenklich. „In einer riesigen Farbwolke."

Lili sah ihn zärtlich an.

„Manchmal ist es gar nicht so schlecht, ein bisschen farbenblind zu sein, nicht wahr?"

Er lächelte.

NACHWORT

Lange Zeit wurden in der öffentlichen Diskussion Gruppen, die mit einer wie auch immer formulierten Heilsbotschaft auftraten, mit dem Begriff „Jugendsekten“ umschrieben.
Erst langsam setzte sich die Erkenntnis durch, dass es eine „klassische Jugendsekte“ eigentlich nicht gibt. Die Aufklärungsarbeit allerdings über die verschiedenen Gruppen unterschiedlichster Herkunft ist gerade bei Heranwachsenden wichtig.
Viele der in der Diskussion stehenden Gruppen, allen voran die Organisation Scientology, gehen nicht offen auf die zu Werbenden zu. Viele Betroffene erkennen zu spät, in welche Abhängigkeiten sie geraten. Auch wird häufig die Dimension der Einflussbereiche unterschätzt.
Junge Menschen darauf vorzubereiten, dass sie – egal, wer mit einer Botschaft, die die interessiert, daherkommt – immer kritisch hinterfragen müssen, macht Aufklärung zum gesamten Bereich der sogenannten Sekten und Psychogruppen wichtig.
Genau diesem Anspruch wird „Der schwarze Schmetterling“ gerecht. Diese spannend geschilderte Geschichte kann durchaus in ähnlicher Form in der Realität passieren.
Die Verstrickungen, in denen sich die handelnden Personen bewegen, bringt die Komplexität des Gesamtphänomens einer hier fiktiven Gruppe sehr gut zum Ausdruck.
Ich wünsche diesem Buch viele Leserinnen und Leser und hoffe, dass das jugendliche Publikum sensibilisiert wird beim Umgang mit Heilsbringern, Gurus und, sehr hamburgisch ausgedrückt, allen „Spökenkiekern“, die ihnen im Laufe ihres Lebens begegnen können.

*Ursula Caberta**

*Mitglied der Enquete-Kommission „Sog. Sekten und Psychogruppen“ des Deutschen Bundestages

ISBN 3-570-12244-1

Ein Liebesbrief bringt Aprils Familie in Lebensgefahr

Die 17-jährige April ist wunschlos glücklich. Sie hat einen hinreißenden Freund, liebevolle Eltern, ein schönes Zuhause und ist die Nummer Eins des Tennis-Teams an ihrer Schule. Ihr Leben ändert sich schlagartig, als sich herausstellt, dass ihr Vater als Undercover-Agent für das FBI arbeitet und in einem Prozess gegen Mitglieder der Drogenmafia aussagen soll. Aus Sicherheitsgründen muss die Familie untertauchen. Doch April kann sich mit der neuen Situation nicht abfinden. Trotz des strikten Verbots nimmt sie Kontakt zu ihrem Freund auf und bringt so die ganze Familie in große Gefahr ...

Ein atemberaubend spannender Thriller!

Lois Duncan
WO DICH NIEMAND KENNT

OMNIBUS Nr. 25021

OMNIBUS XL

Junge Bücher mit Format
von Bertelsmann